KB059552

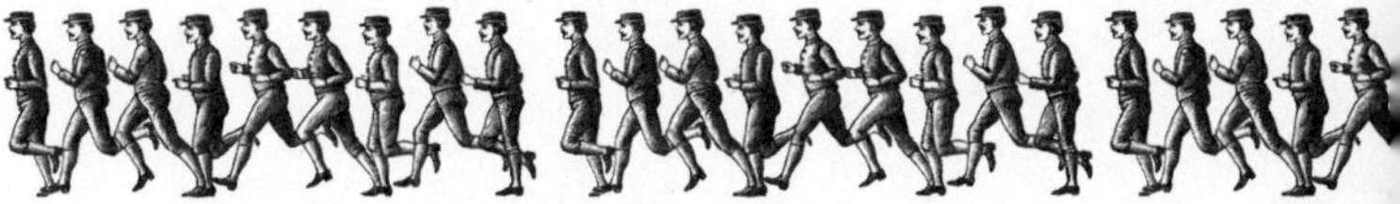

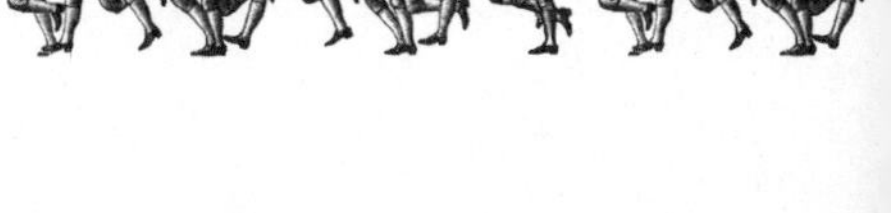

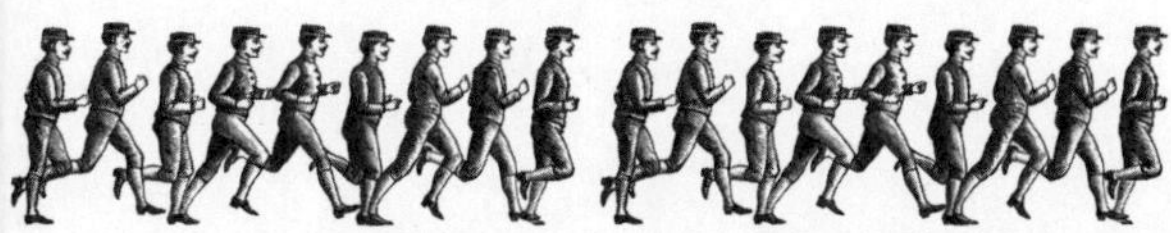

3차 면접에서 돌발 행동을 보인

MAN에 관하여

박지리
장편소설

을로올로

우리를 시험에 들게 하지 마옵시고,

다만 악에서 구하옵소서.

- 어린 시절 M이 읊으면서 가장 의문과 불안을 느꼈던 기도문 구절

(관객을 위한 의자나 배우를 위한 무대 없이 오직 빛의 밝기로만 경계를 만드는 원형 극장 안에 서로가 누구인지 모르는 사람들이 곳곳에 서 있다. 어두웠던 한 곳에 빛이 들어오자 웅성웅성대던 목소리들이 사그라진다.)

7월 초. 조그만 방들이 밀집한 어느 도시의 골목길. 백금처럼 쏟아지는 빛에 눈을 찡그리며 이쪽으로 걸어오는 젊은 남자. 빛줄기에 잠시 얼굴의 한 부분이 특출해 보이긴 하지만 어디에서나 볼 수 있는 흔하고 낯익은 인상. 이 남자에게도 물론 이름이 있겠지만 여기에선 '편의상' M으로 표기하기로 한다.

오늘은 M이 생애 마흔여덟 번째 면접을 보러 가는 날이다. 날씨는 이만하면 괜찮고 시간도 넉넉하다. 그런데 원룸을 나서 언덕길을 내려가던 M은 갑자기 걸음을 멈추더니 고개를 갸웃거렸다. 아니, 마흔여덟 번째가 아니라 마흔아홉 번째던가? 생각해 보니 애매한 경우가 하나 끼어 있었다.

지난 3월, 한 업체에 면접을 보러 갔는데 자리에 담당자가 없었다. 약속보다 30분 이른 시각. M은 여러 의자들 중 구석에 놓인, 앉아도 될 만해 보이는 의자에 앉아 담당자를 기다리기로 했다. 다들 각자의 업무에 바빠서인지 M에게 눈길을 주는 사람은 없었다.

점심도 거르고 두 시간 넘게 기다렸지만 담당자는 나타나지 않았다. 사람들은 수상쩍어하는 눈초리로 M 주변을 비켜 가기만 할 뿐 말은 걸어오지 않았다. 당혹. 실망. 모멸. 혹시 내가 날짜와 장소를 잘못 안 건가, 하는 불안. 지금이라도 와 주기만 한다면 모두 용서해 줄 수 있을 텐데 하는 자비……. M은 더는 기다릴 필요가 없을 것 같아 그만 자리에서 일어났다. 그런데 마침 그곳을 지나가던 한 남자가 M에게 다가와 여기서 뭐 하느냐고 물었다. M은 자신의 사정을 설명한 뒤 "막 가려던 참이었습니다"라고 했다. 그러자 남자는 "그러면 안 되지" 하면서 흔쾌히 자기가 담당자 대신 면접을 봐 주겠다고 했다. 머리에 웨이브를 준, 멋진 사장님이었다.

다음 날. 이른 아침인데 낯선 번호로 전화가 걸려 왔다. 누운 채로 전화를 받은 M은 상대방이 신분을 밝힌 순간 스프링처럼 튀어 올라 무릎을 꿇었다. 어제 면접을 보러 간 업체의 면접 담당자. 그는 어제는 일이 생겨 회사에 못 갔다면서 오늘 오전 중에 다시 면접을 보러 오라고 했다.

M   (의아하다는 듯) 하지만 어제 사장님께서 면접을
        봐 주셨는데요. 아직 말씀 못 들으셨습니까?
담당자   (더 의아하다는 듯) 사장님 누구?

M   머리가 길고 살짝 파마도 한 것 같은 분 말입니다.

담당자 우리 사장은 내 매형인데, 매형은 지금 지방 출장 중이라서 못 본 지가 한참이에요. 있다 해도 파마 같은 걸 할 사람이 아니고.

M   (잡고 있던 전화기를 다른 쪽 손으로 바꾸어 들며) 그럼 제가 만난 분은 누굽니까?

담당자 (퉁명하게) 나야 모르죠.

M   (간절히) 그 회사 직원이 아닙니까?

담당자 (퉁명하게) 나야 얼굴을 못 봤으니 모르지.

M   (더 간절히) 평범한 사람이 아니라 굉장히 눈에 띄는 분이셨습니다. 사장님이 아니시라면 이사님 정도 돼 보이는, 아니면……

담당자 (목소리를 높여 M의 말을 자르면서) 나는 모른다니까.

잠시 뒤.

M   (기가 죽은 듯 작은 목소리, 그러나 일말의 희망이 묻어나게) 그러면 저는 누구한테 면접을 본 겁니까?

담당자 (희망을 주는 대신 기를 죽이듯) 허, 참. 내가 더 궁금하네. 젊은 사람이 정신 하나 못 차리고 말이야, 도대체 누구한테 함부로 면접을 보고 다니는 거예요?

담당자는 오늘은 꼭 자리에 있을 테니 면접을 보러 오라
고 했다. M은 망설였다.

잠시 뒤.

M   아니요. (이런 식의 거절을 처음 한다는 것을 의식하며)
         전 이미 면접을 봤습니다. 그러니 거기에 다시 갈
         필요는 없을 것 같습니다.
담당자   후회할 텐데.

담당자가 전화를 끊자마자 정말 바로 후회가 밀려왔다.

······아니다, 이건 빼자. M은 이번 면접을 마흔여덟 번
째로 결론 내리기로 하면서 다시 걸음을 옮겼다. 어느 모
로 보나 마흔여덟 번째가 더 좋다. 이번이 마흔아홉 번째
야, 라고 생각하면 결국엔 오십 번째 면접도 볼 수밖에 없
을 것 같았다.

지하철역.
자연광에서 인조광으로 바뀌면서 사람들 피부에 적나
라한 느낌의 푸른빛이 돈다. (늙은 사람은 더 늙어 보이고, 슬
픈 사람은 더 슬퍼 보이고, 가난한 사람은 더 가난해 보이도록.)

다양한 연령대의 많은 인파. 사람은 많지만 장소 특유의 우울한 생동감이 느껴진다. 행인들의 보행 속도는 빠르지만 표정은 한 가지로 일관되어 있다. 서로 어깨를 부딪쳐도 뒤돌아 확인하는 사람은 없다.

전철을 기다리던 M은 곰팡이 냄새와 섞인 매캐한 먼지 냄새가 자신의 한 벌뿐인 여름 양복 속으로 스며드는 것을 느꼈다. 체취란 눈으로 확인 가능한 정보보다 그 사람에 관해 더 많은 걸 말해 주는 법. 만약 면접관들이 자신을 지하도와 관련된 사람이라 생각하고 그것을 면접 평가서에 반영하기라도 한다면. M은 시끄럽게 돌아가는 환풍구 주변에서 비켜 서며 역에 도착하면 가장 먼저 편의점에 들러 탈취제를 사서 뿌려야겠다고 생각했다. 그리고 그것을 잊지 않기 위해 면접 탈취제, 면접 탈취제, 면접 탈취제,라고 세 번 되뇌었다.

그러던 와중이었다. (이 우연성이 자연스레 납득되도록)

M의 시야 안으로 한 남자의 모습이 들어왔다. 그는 겨울 점퍼를 입은 채 인파 사이를 헤매고 있었다. 넥타이만 매도 갑갑한 날씨에 패딩 점퍼라니. 머리가 이상하거나 위험한 사람일 가능성이 컸다.

때와 장소에 맞지 않는 복장은 그 사람의 불일치된 내면을 알려 주

는 일종의 경고이기도 합니다. (지하철 안내 방송과 겹치지 않으면서 M에게만 들리는 사운드)

취업 관련 팁을 알려 주던 강사는 그래서 면접을 보러 갈 때는 다른 사람들과 비슷한 옷을 입는 게 중요하다고 강조했다. 그 말을 기억해 낸 M은 상당한 거리가 있음에도 한 걸음 뒤로 물러섰다. 오늘만큼은 작은 소란이라도 피할 수 있다면 피하고 싶었다. 이 마흔여덟 번째 면접은 정말 오랜만에 얻은, 다시는 오지 않을 기회니까.

남자는 무리 지어 있는 여자 네 명에게 다가가 뭐라고 말을 걸었는데, 여자들은 자기들끼리 재미있는 이야기를 하던 중에 옷차림이 수상한 사람에게 방해를 받은 게 불쾌했는지 신경질적으로 몸을 돌리며 남자를 무시해 버렸다. 남자는 어물쩍거리며 여자들 주변을 서성이다가 다른 쪽을 둘러보았다. 그러나 모두들 못마땅한 눈길로 남자를 흘깃거릴 뿐 아무도 걸음을 멈추지는 않았다. 남자는 자신에게 응대해 줄 사람을 찾기 위해 여러 방향으로 팔을 뻗었지만 손에 잡히는 거라곤 미심쩍은 사람의 손길에 닿기 싫어하는 행인들의 냉담한 제스처뿐이었다.

남자의 두 번째 타깃은 의자에 앉아 신문을 보고 있는 한 신사였다. 그런데 이 신사는 수상한 이가 자신에게 다가오는 것을 보고 신문을 활짝 펼쳐 자연스럽게 방패를 만

11

들었다. 남자가 다른 쪽으로 접근하려 해 봐도 신사는 노련하게 신문을 움직여 남자의 접근을 원천 봉쇄했다.

첫 번째 거절은 대단한 일이 아니다. 어깨를 으쓱거리며 운이 부족했어, 정도로 넘길 수 있다. 그러나 공들여 선택한 두 번째 표적에게까지 노골적으로 거절을 당한다면 자기 비하에 익숙한 사람이 아니라도 한 번쯤은 자신을 더듬어 보게 된다. 목소리를 다듬거나 빛을 반사하는 주변의 사물에 자기 얼굴을 비춰 보는 식으로.

거듭 거절을 당한 남자와 어두운 터널로 들어서는 육중한 전철은 결코 좋은 조합이 아니었다. 면접에 늦진 않겠지, 하고 자꾸 시계를 확인하는 구직자와 예기치 않은 사고로 인한 지하철 연착만큼이나. 그러니까 남자는 세 번째 사람만큼은 이전과는 다른 기준으로 신중히 고를 필요가 있었다.

M이 그 남자의 안타까운 모습, 그리고 어쩌면 자신의 취업 전선에 간접적이면서도 중대한 영향을 끼칠지 모를 위험한 모습을 보면서도 얼른 남자에게 다가가 기꺼이 친절한 세 번째 사람이 되어 주지 않은 것은—물론 자기 보호라는 측면이 가장 크겠지만—그 순간 M의 눈엔 그 남자와 그 주위 반경 5미터 이내의 환경이, 뭐랄까, 일종의 연출된 장면으로 보였기 때문이다.

만약 내가 저 남자에게 접근해서 말을 건다면 여기 어디쯤 공중 의자에 앉아 있던 감독이 컷,을 외치고 행인들 속에 섞여 조명 기구와 마이크를 들고 있던 스태프들이 짜증스러운 목소리로 누구야, 하고 소리 지르며 나를 노려볼 거야. 알고 보면 저 남자는 꽤 유명한 배우인지도 모르지.

그렇게 M은 자신과 남자 사이에 TV 브라운관, 즉 일종의 매직미러 같은 것이 개입해 자기는 남자를 관찰할 수 있지만 남자는 자신을 절대 볼 수 없을 거라고 생각하며 정말 영화 촬영이나 무료 연극을 기웃거리는 구경꾼처럼 거리낌 없이 남자를 관찰했다. 남자는 아직도 세 번째 사람을 찾고 있었고 남자의 곁을 지나가는 사람들은 잘 훈련된 엑스트라처럼 철저히 그를 무시했다.

모든 게 불행하지만 순조롭게 진행되는 것 같던 그때, 순간 M은 자신의 눈과 남자의 눈이 정면으로 마주친 느낌이 들었다. 너무나 이질적인 기분이 몰려왔다. 대형 스크린 속에서 연기하고 있던 배우가 갑자기 관객석으로 눈을 돌려 관객의 눈을 똑바로 바라보는 것처럼. 그러나 그 순간은 서로 다른 곳을 바라보는 두 눈동자의 끝과 끝이 스치는 찰나에 불과했고 어쩌면 M 혼자만의 착각인지도 몰랐다. 때마침 플랫폼으로 전철이 들어올 것이라는 안내 방송이 울렸다.

발 빠른 사람들이 벌써부터 줄을 흐트러뜨리며 안전선 근처로 몰려들었다. M은 욕심을 부리지 않고 흐트러진 줄

맨 뒤에 가서 섰다. 운이 좋아 자리에 앉아 봤자 양복만 구겨질 것이다. 쾨쾨한 지하도 냄새로도 모자라 구겨질 대로 구겨진 옷을 대충 입고 왔다는 오해까지 받는다면.

신원 미상 ······ 알아요?

순간 어떤 물체가 불쑥 튀어나와 M에게 말을 걸었다.

M   (얼떨떨해진 얼굴로) 네?

남자의 목소리는 알아들을 수 없을 만큼 작았고 안내 방송과 사람들의 말소리가 섞인 플랫폼은 주파수를 잘못 맞춘 라디오처럼 귓속을 긁었다. 천천히 속도를 줄인 전철이 수십 개의 문을 일제히 열고 사람들을 뱉어 냈다. 인파에 섞인 M의 발이 자신의 의지와 상관없이 자꾸만 어딘가로 끌려갔다. 그 와중에도 신원 미상의 남자는 M의 곁에 달라붙어 계속 무언가를 묻고 있었다. 문이 곧 닫히니 아직 탑승하지 못한 사람은 다음 전철을 이용해 달라는 안내 방송이 나왔다. M은 급한 마음에 남자를 제치고 막 닫히려는 문 사이로 재빨리 몸을 들이밀었다. 작은 행운이 아슬아슬하게 M을 구해 주었다. M은 문틈에 낄 뻔했던 가방을 간신히 품에 안으며 살았다, 하고 안도의 숨을 내쉬었다. 그러고 나서야 문득 남자가 생각나 주변을 살펴보았다.

　남자는 문이 닫힌 유리문 앞에 우두커니 서서 M을 바라보고 있었다. 전철에서 내린 사람들은 이미 다 떠나고 플랫폼엔 남자 혼자였다. M은 이상한 죄책감이 느껴져 비뚤어진 넥타이를 정리하는 시늉을 하며 남자의 시선을 피했다. 전철이 천천히 속력을 붙이며 출발했다. 확실한 안전이 보장된 것을 느낀 M은 그제야 다시 고개를 돌려 차창너머의 남자를 바라보았다. 남자는 여전히 그 자리에 꼼짝않고 서 있었다. 전철이 레일 위를 달리자 남자의 존재감은 성냥 한 개비 정도의 크기로 줄어들었다. M은 유리창에 얼굴을 붙인 채 계속 그곳을 응시했다.

　저 사람은 이 더운 날에 왜 저런 한겨울 옷을 입고 있는 걸까? 정체가 뭐고 어디로 가려는 거지? 사람들에게, 나에게 뭘 물어보려고 했던 걸까?

　남자의 얼굴이 잘 떠오르지 않았다. 정면에서 제대로 본 것도 아니고 너무나 짧은 순간이었다. 그런데 이상하게도 자꾸만 어디서 본 적이 있는지도 모른다는 생각이 들었다.

도시의 중심부.

높고 많은 빌딩들. (솟아오르는 느낌과 짓누르는 느낌이 양면적으로 드러나는 구도)

지하철역과 비슷하게 사람들로 붐비지만 분위기는 확연히 다르다. 대기업 빌딩들이 많이 위치한 이 역에 내리는 순간, 사람들의 옷차림이나 삶의 목적, 미래에 대한 확실성 같은 것을 촘촘한 체로 한 번 걸러 낸 느낌이다. 이곳이 처음인 방문객은 마천루에 압도당한 듯 빌딩으로 가려진 하늘을 올려다보고 있다.

예정보다 일찍 면접장에 도착한 M은 로비 구석에 있는 자판기로 가 캔 커피 하나를 뽑았다. 그런데 꺼내고 보니 커피가 아니라 오렌지 주스였다. M은 이 잘못된 점을 알리기 위해 주위를 두리번거렸지만 주위에 자판기를 담당하는 것처럼 보이는 사람은 아무도 없는 듯했다. 리셉션 데스크에 서 있는 안내인에게 알리기엔 너무 시시콜콜한 문제 같고. 이미 나온 캔을 도로 집어넣거나 버릴 수도 없는 노릇이라 M은 할 수 없이 오렌지 주스 캔을 땄다. 오렌지 주스를 좋아하는 건 아니지만 딱히 싫어하는 것도 아니니.

로비를 오가는 남녀들은 피곤에 지친 직장인이라는 통념과는 달리 하나같이 운동선수처럼 활기가 넘쳤다. 목에 사원증을 건 무리가 특정한 바다에 흐르는 해류처럼 쉼 없이 오가는 동안 M은 잘못 나온 주스를 홀짝이며 인파가 일으키는 작은 소용돌이 한가운데 서 있었다.

……여기가 아닌가?

문득 M의 머릿속에 자신이 엉뚱한 곳에 와 있는지도 모른다는 의심이 멀미처럼 일었다. 회오리 형태의 어지럼증은 물음표로 돌변했다. 면접장이 이 빌딩이 맞는 걸까? 강화 유리로 만들어진 빌딩은 모든 게 투명하게 보이지만 실제로는 아무것도 투명하지가 않았다. 다른 면접자들은 다 어디로 간 거지? 이상하게도 자신처럼 면접을 보러 온 것 같은 사람은 한 명도 보이지 않았다. 다들 벌써 어디엔가 고용된 사람들 같았다.

불안은 근거도 필요하지 않았다. 만약 탈락했어야 할 내 이력서를 컴퓨터가 잘못 분류해 합격한 것이라면? 면접자 명단에 내 이름이 없는 것을 확인하고는 회사 로고가 찍힌 다이어리 같은 걸 하나 챙겨 준 뒤 미안하지만 이만 돌아가 달라고 한다면? 바보같이 아무 항변도 못 하고 다이어리만 받아 가지고 온다면? 거기에 다음 면접 일자를 기록해야 한다면?

M은 손목시계로 시각을 확인했다. 그 시각조차 믿을 수 없었다. 시계를 지니고 있다는 인상을 주는 게 좋을 것 같아 일단 차고 오긴 했는데 너무 오래된 것이었다. 30분 정도 시곗바늘이 늦게 돌아가는 게 당연할 만큼.

……아니, 아니. 이게 아니야.

M이 고개를 흔듦과 동시에 들고 있던 캔이 기울어지면서 손등으로 주스가 흘러내렸다. M은 당황했지만 그래도 그 차가운 촉감 덕분에 일그러진 시공간에서 겨우 벗어날 수 있었다. M은 면접에 늦지 않으려고 서둘러 화장실로

가 손을 닦았다. 재킷 사이로 나온 흰 와이셔츠 소매 끝은 이미 주스 색깔로 물들어 있었다. M은 면접관들에게 흠잡히지 않기 위해 소매를 한 단 걷어 재킷 속으로 밀어 넣었다. 소매를 접던 M은 자신의 마음에 번진 더 짙은 색의 불안한 그림자는 어느 곳으로도 접어서 숨길 수 없다는 것을 깨달았다. 불투명한 빌딩이니 느리게 움직이는 시계니 하는 것은 불안의 본질이 아니었다. M은 거울 속에 있는 자신의 우울한 얼굴을 마치 타인인 것처럼 마주했다.

내가 아무리 애써 봤자 면접엔 결국 통과하지 못할 거야. 그때처럼.

M은 거울을 피해서 급하게 화장실을 나와 면접장으로 올라가는 엘리베이터를 탔다. 정신을 차려 보니 푸른색 사원증을 목에 건 직원들 사이에 아무것도 목에 걸지 않은 M이 혼자 끼어 있었다. 어쩌면 방문객용 엘리베이터는 따로 있는데 실수로 직원 전용 엘리베이터를 탄 건지도 몰랐다. 엘리베이터 화살표가 가리키는 숫자와 고도는 계속 올라가지만 M은 반대로 점점 깊은 곳으로 내려가는 느낌이 들었다.

모든 것을 그때와 연관 짓는 걸 끔찍이 싫어하면서도 M은 마흔일곱 번의 면접을 보는 내내 그 일을 되풀이하고 있었다. 왜 나는 아직도 그 시간에서 벗어나지 못하는 걸까. 단순히 태어나 첫 번째로 치른 면접이기 때문인 걸까.

아니, 단순히 첫 번째여서만은 아니다. 거기엔 아직도 풀리지 않는 의문이 있기 때문이다.

M의 인생에서 열아홉 살에 본 대입 면접이란 '절대 이해할 수 없는 일' 목록의 맨 첫 번째 칸에 기록되어 있는 사건이다. 첫 번째라고는 했지만 두 번째, 세 번째 같은 것은 존재하지 않았다. 그것만이 첫 번째이자 유일한 기록이었다. 다른 이해할 수 없는 일들도 결국엔 그 일에 종속되어 있으니까.

그날, 새벽 기차를 타고 대학 입학 면접장으로 올라온 M은 스스로가 대견할 정도로 훌륭하게 면접을 마쳤다. 면접관들이 물어보는 모든 질문에 명쾌한 대답을 했고, 대학에 와 이루고자 하는 비전을 확실히 보여 주었다. 면접관 세 명의 표정은 M의 친아버지라도 되는 것처럼 너그러웠다. (그런데 지금 생각해 보니 면접관은 모두 남자였다. 어쩌면 그 점에 문제가 있었을 수도 있을까?) M의 서류에 뭔가를 기입하던 면접관 한 명이 음, 좋네, 라고 작게 혼잣말을 하니 옆에 있던 면접관이 그렇지? 라고 말하며 고개를 끄덕이는 것을 M은 똑똑히 목격했다. 함께 있던 경쟁자들은 이미 M의 승리를 예감한 듯 헛소리를 늘어놓았다. 면접장을 나오면서 M은 가슴에 달았던 수험표를 떼 반듯하게 접어서 행운의 부적처럼 주머니에 넣었고(M의 앞 번호였던 아이는 수험표를 갈기갈기 찢어 바닥에 흩뿌렸다), 집으로 내려가기 전, 가까운 미래에 모교가 될 캠퍼스를 가벼운 마음으로 유유히 돌아보았다.

캠퍼스를 견학하던 중 자판기 앞에서 어떤 형을 우연히 만났는데, M이 자신을 내년에 이 학교에 입학할 예비 신입생이라고 소개하자 그 형은 M을 '예비 후배'라고 부르며 따뜻한 커피를 사 주었다. 형은 자기는 신방과 1학년이라면서, 입학하면 꼭 학교 신문사에 들어오라고 권유했다. 미팅도 많이 시켜 주겠다고 했다. M은 반드시 그러겠다고 대답한 뒤, 캔의 온기로 따뜻하게 데워진 손으로 악수를 하고 헤어졌다.

M은 대학에 떨어졌다. 있을 수 없는 일이었다. 그 대학은 M의 성적으로 충분히 들어갈 수 있는 곳이었다. 모든 자료를 뒤져 봐도 M은 자기가 떨어질 만한 합리적인 이유를 찾아낼 수 없었다. 여러 밤을 잠 못 자고 괴로워한 M은 결국 법원에 소송을 내는 방법밖에 없다는 결론에 다다랐다. 그런데 그 최후의 길로 걸어가는 마지막 순간에 아주 조그마한 티끌 하나가 발바닥에 밟혔다.

면접.

그러나 그것은 면접관들이 목에 걸어 준 영광스러운 메달에서 떨어져 나온 부스러기였다. M은 의심할 여지가 없는 메달을 왜 의심해야 하는 건지 이해할 수가 없었다.

M은 어두운 방에 혼자 누워 수도 없이 질문했다. 만약 면접 때문에 떨어진 것이라면 그날 내가 봤던 면접관들의 그 미소는 도대체 무엇이었지? 좋네, 하고 중얼거렸던 그 면접관과 그렇지? 하며 동조했던 동료 면접관은 무슨 의도로 그런 말을 한 거지? 갈가리 찢긴 앞 번호의 수험표와 반듯하게 접힌 내 수험표는 상반된 우리 둘의 미래를 보여주는 단서가 아니었던가. 혹시 수험표를 찢은 그 녀석이 나를 이기고 내 대학에 합격해 버린 걸까? 만약 나 대신 학교 신문사에 들어가 아무 여자하고나 미팅을 하고 다닌다면? 신문사 형은 혹시 그 사기꾼 녀석을 나라고 착각하는 건 아닐까? 손을 쓸 수도 없이 내 인생이 그렇게 통째로 강탈당한 거라면.

의심이 절정에 이르고 나면 결말은 항상 이불을 뒤집어쓰고 그 모든 가설을 부정하는 것으로 막을 내렸다.

아냐, 아냐, 다 아냐. 미소도 속삭임도 확신도, 그곳에서 있었던 모든 게 다 내 착각이고 환상이었던 거야.

M은 충격에서 헤어나지 못한 채 방황했고 2순위로 들어간 대학의 새 학기 내내 왜 자기가 면접에서 떨어진 것인지 이유를 찾느라 신입생의 즐거움도 만끽하지 못했다. 학생 식당에서 밥을 먹다가 어딘가에서 면접,이라는 말이 들려오면 M은 이름이 불린 어린아이처럼 놀라 황급히 뒤를 돌아보았다. 동기들은 이 정도 대학에 들어온 것도 복권

당첨에 버금가는 행운으로 여기고 있었다. M처럼 이해할 수 없는 대우를 받은 사람은 아무도 없는 것 같았다.

유난히 더 울적한 날이면 M은 몰래—지켜보는 사람도 없는데 왜 몰래,라는 말을 쓰는지 모르겠다—자신의 꿈의 캠퍼스에 가 보곤 했다. 교문 안으로 들어설 때마다 몸이 바짝 긴장됐다. 혹시나 그때 커피를 사 주었던 형과 마주치면 뭐라고 해야 할까. 사람 잘못 보신 것 같네요, 목소리를 깔고 모른 척할까, 아니면 이 대학에 입학한 척 사기를 칠까, 그것도 아니면 더 좋은 대학에 들어갔다고 거들먹거릴까. 캠퍼스를 돌아보고 나오는 밤이면 M은 면접관들 집을 일일이 찾아가 벨을 누른 뒤 따지고 싶은 충동이 일었다. 아니, 공손하게 묻고 싶었다.

저…… 밤늦게 실례인 줄은 알지만, 도대체 왜 저를 떨어뜨리신 건가요? 저의 어떤 점이 마음에 들지 않으셨던 거죠? 그땐 분명히 좋다고 하셨잖아요. 절 보고 웃으셨잖아요. 분명 사인을 보내셨잖아요.

그러나 실행에 옮긴 적은 단 한 번도 없었다.

다른 사람들은 모두 그 이전 층에서 내리고 어느새 엘리베이터 안엔 M 혼자다. 상념에 빠져 있는 표정의 M이 스테인리스 재질의 벽에 비쳐 보였다. 지금 와 다시 생각해도 그날의 자신은 완벽하리만치 훌륭했다.

M이 누른 층의 승강기 문이 열리자 다른 곳과는 비교도

안 되는 밝은 빛이 쏟아져 들어왔다. 순간 하늘나라에 온 것 같은 기분이 들었다. M은 발을 내디디며 중얼거렸다.

만약 너무 훌륭해서 떨어진 거라면 나는 이 세상을 살아 갈 방법을 영원히 알 수 없을 거야.

M이 지원하여 1차 서류 전형에서 합격한 W기업은 국내의 선두적인 제과 회사로, 해외 신흥 시장을 개척하기 위해 신설한 영업 8부 신입 사원을 모집하는 중이다. 신흥 시장이 어디인지는 정확히 명시하지 않았지만 어디건 먼 나라고 한 번도 가 보지 않은 나라일 것이다.

면접 대기실 테이블에는 제과 회사답게 자사의 주력 상품인 빵, 과자, 음료수 따위가 대기자들을 위한 간식으로 놓여 있었다. 그러나 그쪽을 향해 손을 뻗는 사람은 아무도 없었다. 일부는 그것들을 의도적으로 외면하고 다른 일부는 지나치리만큼 면밀하게 그것들을 관찰했다. 이 장소에서만큼은 적어도 그것들이 섭취의 대상이 아님은 분명하다.

M은 빨간 모자를 쓴 곰돌이가 엄지를 추켜세우고 있는 그림이 그려진 과자 봉지를 물끄러미 바라보았다. 어쩐지 빨간 모자를 쓴 곰돌이보다 이곳에 와 있는 자신의 모습이 더 비현실적으로 느껴졌다. 과자 회사에 이력서를 내게 될 거라고 상상이나 해 본 적이 있었던가.

한 번도 '과자 회사' 같은 곳에 진지하게 관심을 둬 본 적이 없었다. 과자라는 건 그냥, 슈퍼마켓에 가면 있는 것이었다. 어린아이들, 혹은 어른이 돼서도 어린이 입맛에서 벗어나지 못한 사람들이 좋아하는 것이었다. 누군가 그것을 진지하게 만들고, 진지하게 포장해서, 진지하게 파는 거라고는 생각하지 않았다.

그러나 개인의 취향에 따라 입사 지원서를 낼 수 있는 세상은 M이 태어나지도 않았던 몇십 년 전에 이미 끝나 버렸다. 지금은 아무리 과자를 싫어하는 사람도, 과자 회사가 사원 모집 공고를 낸 이상 거기에 지원하는 것이 의무가 된 세상이다.

면접을 위해 M은 W기업에 대해 알아낼 수 있는 건 모조리 다 알아보았다. 회사 창립 배경부터 초대 회장의 이름과 현재의 기업으로 성장할 때까지의 가계도, 자산 평가액, 총 부채 한도, GDP에서 차지하는 비중, 대표 상품, 라이벌 회사, 라이벌 회사의 창립 배경과 자산 평가액, 총 부채 한도…….

마지막으로 과자를 먹었던 때가 언제입니까? 무슨 제품이었습니까? 맛은 어땠습니까? 좋아하는 맛입니까?

갑자기 눈앞이 어두워지기에 불이 꺼진 줄로만 알았는

데 천장을 향해 고개를 드는 순간, 어느 곳보다 환한 불빛이 M을 쏘아보고 있었다. M은 머리 한 부분에 강한 충격을 받은 느낌이 들었다. 무언가, 가장 중요한 무언가를 잊고 있었던 것 같았다. feel me, fill you. 어딘지 모르게 성적인 느낌이 드는 과자 봉지를 향해 M은 조심스레 손을 뻗었다. (주위 사람들은 안 보는 척하면서 M의 행동을 주시하고 있다. 먹을 것인가, 냄새를 맡을 것인가, 아니면 반으로 자를 것인가.)

봉지를 뜯으니 초콜릿을 입힌 동그란 과자가 층층이 쌓여 있다. 한국인의 평균 입 크기가 7.75센티미터라면 이 동그란 물체도 아마 정확하게 7.75센티미터일 것이다. M은 과자 하나를 입으로 집어넣었다. (여기저기서 들리는 아, 하는 탄식 소리) 과자를 좋아하진 않지만, 그러나 맛은 느낄 수 있다. 어금니로 씹고 혀로 휘감고 목구멍으로 삼켜. 얼마든지. 목이 막히면 빨간 모자를 쓴 곰돌이가 엄지를 추켜세우고 있는 음료수도 마셔 가면서.

안내인   다음 번호 다섯 분, 준비되셨으면 들어오세요.

다섯 명 중 마지막 번호를 가슴에 단 M은 행렬의 맨 끝에 서는 게 과연 득인지 실인지를 계산해 보았다. 첫 출연자에게 쏟아지는 과도한 집중을 피할 수 있는 건 좋았지만 면접관의 중심 시야에서 벗어나 자칫 소외될 수 있다는 것, 직접 문을 닫고 들어가야 하는 것은 좋지 않아 보였다. 한 가지 행동이 추가되면 지켜야 하는 법칙도 하나 더 늘어나는 법이었다. M은 살짝 주먹 쥔 팔을 가볍게 흔들고 보폭에서 약간의 남성성이 느껴지도록 성큼성큼 걸어갔다. 별 무리 없이 연습한 매뉴얼을 수행해 나가던 M은 그런데 문을 닫는 순간, 아, 하는 생각이 들었다. 면접 탈취제. 양복에 탈취제를 뿌린다는 것을 까맣게 잊고 있었다. 그러나 이미 문은 닫힌 뒤였다. 이제 와 탈취제를 사기 위해 면접장을 이탈할 수는 없다. M은 잡고 있던 손잡이를 놓고 몸을 돌렸다. 세 명의 면접관이 맞은편에 일렬로 앉아 있었다. 이왕 이렇게 된 것, 면접관들이 단체로 비염에 걸려 있길 바라는 수밖에.

열 평 크기의 면접장.

특별한 장식이나 그림은 없다. (면접을 위해 어떤 장소를 일시적으로 비운 느낌)

도시 전경이 보이는 넓은 창을 등지고 세 명의 면접관이 앉아 있다.

모두 남자이고 구직자들처럼 비슷한 색과 스타일의 정장을 하고 있다.

책상을 경계로 면접관들 맞은편에 동일한 형태의 의자 다섯 개가 놓여 있다.

의자가 다섯 개 준비되어 있는 것을 본 M은, 그것이 당연한 일이라는 것을 알면서도 마음이 놓였다. 네 개 혹은 세 개, 조금 더 고약한 곳이라면 두 개밖에 준비해 놓지 않을 수도 있다는 걱정을 꽤 오랫동안 해 왔기 때문이다. 작년 겨울, 기업의 시스템 관리를 대신 해 주는 업체의 면접에 다녀온 이후로 생긴 의심이었다. 그곳에서는 사람 수보다 의자 수가 하나 부족하자 M에게 밖에서 의자를 하나 구해 와 앉으라고 했다. M은 어디서 어떤 의자를 구해 오라는 것인지 알 수가 없어 오랫동안 이곳저곳을 헤매다가 결국 면접을 포기하고 말았다.

맨 끝 의자에 앉은 M은 가볍게 쥔 주먹을 허벅지 위에 올려놓았다. 일단 의자에 앉았다는 것만으로도 과제 하나를 해치운 기분이 들었다. 그렇다면 이제 해야 할 일은 단하나.

면접관 눈을 피하는 순간 바로 게임 오버죠. 무슨 일이 있어도, 심지어 면접관 얼굴에 눈이 없는 비상 상황이라도, 웃지 마세요, 가능한 얘기니까. 다래끼가 나서 안대 같은 것을 했을 수도 있잖아요. 눈이 있을 법한 곳을 찾아서 반드시 똑바로 바라보아야 합니다. 그게 면접의 1차 관문이에요.

M은 세 명의 면접관들과 일일이 시선을 마주치기 위해

애를 썼다. 아무런 애정도 없는 사람의 눈을 장시간 바라 보고 있어야 하는 것은 힘든 일이다. 더욱이 상대편에서는 이쪽의 간절한 노력에는 아무 관심도 없이 줄곧 책상 위의 서류만 내려다보고 있다면. 면접관들은 지원자들의 이력 서와 얼굴을 번갈아 대조하며 뜻 모를 흠, 흠, 소리를 냈는 데, 그 헛기침 소리에 따라 무언가를 분류하고 걸러 내는 것 같았다. 불쾌하진 않았다. 이 자리까지 온 이상 차라리 그렇게 샅샅이 파헤쳐지는 게 나았다. M은 자신이 완전히 분석당하기를 바랐다. 불공평하게 중간 정도에서 멈출 바 에야 바닥까지 가 보는 것도 나쁘지는 않았다. 자신의 바 닥은 그렇게 지저분하지 않으니까.

M이 이력서에 첨부한 각종 서류는 M이 어떤 인간인지 를 다각도로 증명해 준다. 취업 준비생들의 평균 평점보다 0.3점이 높은 대학 평점. 모든 평균에는 탈락자들이 선물 해 주는 환상이 숨어 있기 마련이지만 어쨌거나 평균보다 는 높다. 평균을 15점 정도 웃도는 영어 공인 성적. 역시 평 균보다 높다. 남자 대학생 평균 재학 기간보다 8개월이 더 긴 재학 기간. 어쨌든 평균보다 높으면 되는 거 아닌가. 육 군 현역 복무. 누가 감히 국가와 M의 관계에 이의를 제기 할 것인가. 15일간의 봉사 활동. 박애주의자.

모든 것을 사실대로 기입했지만 졸업한 대학을 기입하 는 난에 써넣은 H대는 사실이 아닌 것 같았다. S대를 쓰는 게 더 사실 같았다.

　면접관들이 잠시 서류를 살펴보는 동안 M은, 면접관들에게서 눈을 떼면 안 된다는 취업 특강 강사의 충고를 잊어버리고, 면접관들 너머로 시선을 옮겼다. 비슷한 양의 머리숱을 가진 세 개의 머리통 뒤로 시내 전경이 넓게 펼쳐졌다.

　수많은 빌딩이 기둥처럼 이 도시를 떠받들고 있다. 실제로는 비교 불능일 정도로 작지만 원근법으로 인해 가장 크게 도드라진 이 머리숱 적은 세 명의 면접관은 이 많은 빌딩과 그 안에 뚫어 놓은 하나하나의 유리창을 책임지고 있는 절대자들처럼 보인다. 그들은 흠, 흠, 소리를 내 가며 이 도시의 빌딩 적재적소에 사람을 집어넣을 계획을 세우는 중이며, 그 작업을 위해 서류상 인간과 그 서류를 증명하기 위해 나타난 인간을 번갈아 대조하며 어느 쪽 인간이 더 나은지를 살피고 있었다. 그들의 판정에 따라 빌딩 창문 수보다 많은 사람들의 운명이 좌지우지될 것이었다. 면접관들이 서류를 비교해 가며 주고받는 속삭임, 혹은 혼자 중얼거리는 소리를 들을 때마다 M은 깊이 믿었지만 한 번도 느낀 적 없는 신의 계시라도 엿듣는 기분이었다.

　M과 함께 면접장으로 들어온 다른 네 지원자들의 성장 배경이나 학력, 대학에서의 활동 등에는 큰 차이가 없었다. 그들의 부모는 교사 아니면 약사, 부동산 중개업을 하고 있고 자신들은 수도권 소재의 국립 또는 사립 대학을 졸

업한 뒤 여러 기업에서 무보수로 인턴 경험을 쌓았다. 부
모 세대가 증명해 줄 수 있는 것이 애매한 과거라면 자식
세대가 증명할 수 있는 것은 더 애매한 미래. 경험 많은 면
접관들은 그것에 오랜 시간을 할애하지 않았다. 단도직입
적으로 새로 신설된 영업 8부 이야기가 나왔다.

면접관1 우리 기업이 장차 주력해야 할 신흥 시장이 어디
　　　라고 생각합니까?

지원자1 남쪽 나라라고 생각하고 있습니다.

면접관1 다음 분, 앞의 분 대답을 구체적으로 얘기할 수
　　　있겠습니까?

지원자2 개발 여지가 큰 남쪽 나라들입니다.

면접관2 더 구체적이었으면 좋겠는데. 다음.

지원자3 과자 시장이 충분히 성장하지 않은 남쪽 나라들
　　　입니다.

면접관2 다음 지원자도 여기에 동의하나?

지원자4 전 남쪽 나라들을 비롯한 모든 나라라고 생각합
　　　니다. 성장이 끝난 것 같은 나라들에도 여지는 남
　　　아 있기 마련입니다. 아이들이 한 명도 태어나지
　　　않는 죽은 나라가 아닌 한 말이죠. 그러니 우리는
　　　모든 나라에 성장 가능성이 남아 있다는 것을 전
　　　제로 시장을 개척해야 합니다. 그것이 영업 8부

에 지원한 저의 임무라고 생각하고 있습니다.

M   저 역시 모든 나라에 가능성을 열어 두어야 한다
       고 생각합니다. 왜냐하면 성장을 바라보는 관점
       이 유동적이기도 하고, 또…….

면접관2 아, 아, 거기까지. 더 듣지 않아도 무슨 말인지 알
       겠군.

면접관1 그런데 모든 나라라니, 너무 추상적인 답변 같군
       요. 그리고 앞의 지원자들이 말한 남쪽 나라들 같
       은 경우엔 현실적으로 대개 정치가 불안하고 여
       전히 내전의 위험이 큰 곳 아닙니까? 어떻게 그
       런 곳으로 시장을 확대할 수 있단 말이죠?

지원자1 그렇다면…… 위험성이 비교적 적은 북쪽 나라
       들을 공략할 수도 있을 것 같습니다.

지원자2 저도 리스크 여부에 따라 유동적으로 시장을 개
       척할 수 있다고 생각합니다. 남쪽 나라가 어려우
       면 북쪽 나라를 가야 합니다.

면접관2 나머지도 이 의견에 동의하나?

지원자3 아닙니다. 다소 위험은 있더라도 여전히 그 나라
       들이 가장 큰 잠재력을 안고 있습니다. 지레 겁먹
       고 그 시장들을 포기하는 건 사업을 안 하겠다는
       것과 마찬가지입니다.

지원자4 어느 시장도 배제하지 말고 전부 진출해야 한다

고 생각합니다. 신흥 시장 개척에 어려움이 따르는 건 당연한 일 아닌가요?

지원자1 무모한 용기는 용기가 아니라 자학입니다. 전망이 안 좋은 일에 굳이 뛰어들 필요는 없습니다.

지원자2 맞습니다. 비즈니스 세계에선 불가능하다는 점을 인정하는 것 자체가 이익을 가져올 때도 많습니다.

지원자 1, 2는 자신들의 견해를 수정한 데 이어 갑자기 회의론자로 돌변해 자학적이다, 전망이 좋지 않다, 불가능하다, 같은 단어들을 쏟아내고 있었다. 지원자 3, 4도 지지 않았다.

지원자3 전 그래도 할 수 있다고 믿습니다. 모든 시도는 무모하게 시작되는 것 아닙니까? 시도조차 하지 않는 것이야말로 자학이라고 생각합니다.

지원자4 왜 불가능하다고 생각하는지 모르겠습니다. 우리가 반도체나 총 같은 것을 판매하는 게 아니잖아요. 우리 회사의 맛있는 과자를 아직 맛보지 못한 사람들에게 과자를 파는 것이 그렇게 어렵고 불가능하고 전망이 안 좋은 일이라고는 생각하지 않습니다.

면접관1 흠, 알겠습니다. 잘 들었습니다. 그럼 이어서 다음 질문을……

M 아, 저, 저도 할 수 있다고 생각합니다. 낙관적인 전망에서 낙관적인 결과가 나온다는 게 평소 저의 지론입니다.

앞 번호 지원자들의 기세에 조금 눌려 대답이 늦긴 했지만, M은 낙관론자들 편에 붙었다. 마흔일곱 번의 면접을 거치면서 한 가지 배운 게 있다면, 사안이 무엇이든 간에 면접장에 들어온 이상 할 수 없다,는 말보다는 할 수 있다, 라는 말을 해야 한다는 것이었다.

면접관1 대단히 활기가 넘치는 이쪽 분들, 어때요? 평소에 우리 회사 제품은 많이 접하는 편인가요?

과연 예상대로 면접관들의 시선이 회의론자들을 떠나 낙관론자들 편으로 약간 기울어지고 있었다. 일단 줄은 잘선 게 분명했다.

지원자3 네, 어렸을 때 빨간 모자 곰 스티커를 다 모아서 과자 선물 세트를 받은 적도 있습니다.

면접관1 그래요? 알고 보니 우리 회사를 성장시켜 준 은
　　　　인이었네요.

지원자4 저는 특히 귀사의 포장 방식이 매우 감각적이라
　　　　고 생각해서 관심 있게 보고 있습니다.

면접관2 여자라 그런지 역시 관점이 다르네.

　지금은 존재하지 않는 어릴 때 얘기가 아니라, 본질을
둘러싼 외피가 아니라, M은 방금 전 대기실에서 맛본 과
자의 맛, 향기, 식감을 그대로 표현할 수 있었다. 입 안에
아직 그 풍미가 남아 있었다.

　그런데 찬찬히 향해 오던 면접관의 시선이 M에게 닿기
바로 전 다른 쪽으로 옮겨 가 버렸다. M이 준비한 대답은
맥없이 목구멍으로 넘어갔다. 활기 넘치는 이쪽 분들,에
M은 해당하지 않는 모양이었다. 확률적으로 이 방 안에
서 합격하게 될 사람은 겨우 한 명. 그 한 명이 될 가능성이
없다면, 면접관은 고작 대세에 합류한 정도는 인정해 주지
않았다.

　예정된 20분이 거의 끝나 가고 있었다. M은 단 한 차례
도 면접관들의 주목을 끌지 못했다. 면접은 계속 진행되고
있지만 M은 줄곧 아무 일도 일어나지 않는 것 같았다. 다
만, 분명하고 확실하게 제외당하고 있을 뿐. 맨 마지막 자
리에 배정된 것부터가 벌써 이렇게 될 운명이었는지도 몰

랐다. 양복에서 매캐한 지하도 냄새가 다시 풍기는 것 같았다. 탈취제를 뿌리고 왔다면 뭔가 달라졌을까?

면접관들이 다음 그룹을 맞이하기 위해 흩어져 있던 서류를 정리했다. M은 자신 역시 그렇게 간단히 정리되는 것 같았다. 밖은 아직도 환한 대낮. 여길 나가고 나면 남은 하루 동안 무엇을 해야 할지, 원룸으로 되돌아갈 일이 아득하기만 했다. 그런데 그때 세 번째 면접관이 지금,이라고 입을 떼면서 지원자들을 향해 고개를 들었다. 이때까지 아무 질문도 하지 않고 있던 면접관이었다.

면접관3 지금 재미있는 질문 하나가 생각났는데, 처지를 바꿔서 여러분이 이 자리에 앉았다고 가정해 봅시다. 지금 두 사람이 면접을 보기 위해 문을 열고 들어와 여러분 자리에 앉았습니다. 한 사람은 살인자이고 다른 한 사람은 도둑입니다. 여러분이 회사 면접관이라면 누구를 뽑겠습니까? 기권은 없습니다. 반드시 한 사람을 뽑아야 합니다.

한 사람은 살인자이고 다른 한 사람은 도둑입니다, 대목에서 시작된 웅성거림은 기권은 없습니다, 반드시 한 사람을 뽑아야 합니다, 라는 대목에서 작은 소란으로 번졌다. 면접관은 시간을 주지 않고 자, 대답해 보세요, 했다. 면접관의 태도에서 논리적으로 유추된 답변보다는 즉흥적이고, 그래서 어쩌면 본심에 가까울지도 모르는 답변을 원한다는 의도가 엿보였다. 통찰력을 알아보려는 것인가, 도덕관념을 알아보려는 것인가. 아니면 단순한 난센스에 불과한가.

지원자1 (다른 지원자들을 곁눈질로 살피며) 도둑을 뽑아야 할 것 같습니다.

면접관3 이유는?

지원자1 (우물쭈물하며) 살인자보다는 도둑이 급이 낮은 범죄자이기 때문입니다.

면접관3 다음.

지원자2 (지원자 1 덕분에 조금은 확신에 찬 말투로) 저도 도둑입니다. (면접관이 이유도 묻기 전에) 살인은 반사회적인 범죄이고 도둑질은 교화가 가능한 범죄이기 때문입니다.

면접관3 다음.

지원자3 (아까 전의 반목은 잊은 듯) 사람의 목숨은 가장 상위의 가치이기 때문에 당연히 살인자보다는 도둑을 뽑아야 합니다.

면접관3 다음.

지원자4 (입사 계약서에 도장을 찍듯) 당연히 도둑입니다.

둘은 비교 불가능한 범주라고 생각합니다. 모든
윤리의 근간은 생명 존중에 있으니까요.

자기 차례가 올 때까지 기다린 M은 '도'라고 발음하기
위해 혀끝으로 윗니를 찼다. 그런데 혀가 윗니에 부딪히기
직전의 짧은 순간, 심판관처럼 앉은 면접관의 눈빛에서 이
미 지루함이 포착되었다. 그는 아직 말하지도 않은 M의
대답을 벌써 듣기라도 한 것처럼 눈꺼풀을 반쯤 감은 채 게
으른 신들이나 할 법한 작은 하품을 하고 있었다. M의 의
견은 아무런 가치도 없어 보였다.
    역시 나에게 남은 거라곤 필사적으로 얻어 낸 이 다섯
번째 의자를 문 앞에서 대기하고 있는 다른 지원자에게 무
기력하게 내주는 것뿐인가.

면접관3 마지막 분.

이런 식으로 마흔여덟 번째, 아니, 영원히 두 번째일 면
접까지 망치게 되는 걸까.

면접관3 (조금 더 큰 목소리로) 마지막 분.

윗니에 붙어 있던 혀가 자기 멋대로 입천장으로 옮겨 갔다.

M   전······ 살인자를 뽑겠습니다.

면접관들과 다른 지원자들의 시선이 일시에 M에게로
쏠렸다. 진즉에 M에게서 시선을 거두었던 첫 번째, 두 번
째 면접관까지 몸을 기울여 다시 M을 바라보았다.

면접관3 이유가 뭡니까?

옆에 앉은 지원자들의 눈은 가느다란 줄에 오른 사람을
구경하는 듯한 눈빛으로 돌변했다. 그들은 M이 발을 헛디
디길 바랐다. 줄에서 떨어지길 바랐다. 그들의 바람만이
아니었다. M은 스스로 줄을 흔들고 있었다.

M   (깊은 숨을 한 번 내쉴 수 있는 시간만큼 머뭇거린 뒤)
         회사의 가장 큰 존재 목적이 수익 창출이라는 점
         에는 여기 계신 모든 분이 동의하시리라 생각합
         니다. 그러면 답은 간단하지 않습니까? 살인자보
         다는 도둑이 회사에 더 위협적인 존재입니다.

면접관들이 또 일제히 흠, 하며 속내를 알 수 없는 소리
를 냈다. 그 순간 면접관들을 제치고 한 지원자가 M의 주

장을 반격하고 나섰다. 1차전에서 패했던 회의론자들은
이것을 반전의 기회로 삼으려는 것 같았다.

지원자1 그러다 살인자가 또 살인을 저지르면 어떻게 할
겁니까?
지원자2 맞아요. 그렇게 된다면 그 사태를 책임질 수 있습
니까?

한때는 같은 편이라고 생각했던 나머지 지원자들까지
M과 대립했다.

지원자3 그건 너무 비인간적인 답변 같은데요.
지원자4 (혼잣말을 하듯) 남자라서 저렇게 잔인한 건가.

애초에 편 같은 게 있다고 생각한 건 M 혼자만의 착각
이었는지도 몰랐다. 오직 한 사람만 뽑히는 경연장에선 개
개인이 독립 투사라야 하니까.
어느 면접관도 이것을 자유 토론이라고 명시하지 않았
는데 그들은 M에게 어서 어떤 해명이라도 내놓을 것을,
해명이 아니라 순순히 실수를 인정하고 그 의자에서 일어
설 것을 종용했다. 제 발로 걸어 들어온 희생자를 잡아 불
이라도 피울 태세였다.

지원자1 대체 살인자를 고용하겠다는 의도가 무엇입니까? 자신의 신념과 관계가 있습니까?

지원자2 언제부터, 무슨 이유로 살인자를 옹호하게 된 겁니까?

지원자3 평소에도 자주 그런 생각을 합니까?

지원자4 (혼잣말을 하듯) 남자들은 다 저런가.

M은 자신이 졸지에 살인자를 변호하는 몰염치한 변호인이라도 된 기분이었다. 억울했다. 그러나 소를 포기하고 법정 밖으로 뛰어나가지 않는 한 M과 살인자는 한편이었다. 달리 말하면 목표가 훨씬 분명해진 것이다. 어떻게 해서든 살인자가 최소 형량을 받을 수 있도록 도와주는 것.

M   저는 이 질문을 회사의 가장 근본적인 존재 이유를 묻는 것으로 파악했습니다. 도둑이 무엇입니까. 남의 재물을 빼앗는 존재입니다. 살인자는 무엇입니까. 남의 목숨을 빼앗는 존재입니다. 그렇다면 수익 창출을 목적으로 하는 회사라는 주체의 욕망에서 봤을 땐 도둑보다는 살인자를 선택하는 편이 이득은 되지 못할지언정 손해는 나지 않을 선택이라고 생각합니다.

M은 말을 마치면서 주먹을 올려놓은 양복 허벅지가 땀으로 뜨겁게 달아오르는 것을 느꼈다.

지원자1 그 말은 살인자가 직원의 소중한 목숨을 빼앗아도 된다는 건가요? 인적 자원 역시 회사의 소중한 자산이라고 생각하지 않습니까?

지원자2 평소에도 인간을 그렇게 하찮게 봅니까?

지원자3 우리가 다 죽어도 좋습니까?

지원자4 (혼잣말을 하듯) 남자들은 정말.

M은 고문당하는 느낌이었다. 이젠 이 방의 모든 사람이 자기를 진짜 살인자로 취급하는 것 같았다.

M (배심원 앞에 선 피의자처럼, 혼자서만 자신이 무고하다는 것을 알고 있는 것처럼) 아니요, 인적 자원도 회사의 소중한 자산이라고 생각합니다. 하지만 그 인적 자원이 모여서 하는 일의 목적이 결국엔 수익 창출입니다. 엄밀히 말해······ 인력은 언제나 대체 가능한 것 아닙니까? 매년 신입 사원을 뽑아서 새로운 인력을 통해 더욱 창의적인 수익

창출 모델을 창출해 내는 것이…… 그러니까 수
익 창출을 목표로 하는 기업 입장에서는…… 더
욱 수익 창출적인 전략이라고 생각합니다만…….

M은 자기 입에서 수익 창출이라는 말이 몇 번이나 반복
적으로 나오는지를 세느라 머리가 어지러웠다.

면접관3 (서류에 무언가를 적어 내려가며) 그러니까 목적 지
향적 인간이라 이거군요.

M은 자문했다. 내가 목적 지향적인 인간인가? 그런 생
각은 해 본 적 없었다. 자신은 그저, 괜찮은 회사에 얼른 취
직하길 간절히 바라는 평범한 구직자일 뿐이었다. 다른 면
접관들이 이쯤 해 두죠, 하며 정리하고 있던 서류를 완전
히 덮고 한쪽으로 치웠다. 반대자 역할을 톡톡히 해낸 지
원자들은 자세를 바로잡으며 좋은 인상을 주기 위한 막바
지 단계에 진입했다.

M은 혼자만 고개를 아래로 떨어뜨렸다. 끝났다. 또 이
렇게 끝나 버렸다. 이제 남은 일은 면접장을 걸어 나가 언
제 올지 모를 마흔아홉 번째 면접을 다시 준비하는 일뿐.
지금까지 늘 그랬던 것처럼. 그때 세 번째 면접관의 목소
리가 M의 고개를 다시 들어 올렸다.

면접관3 그런데 말입니다, 가정이 아니라 귀하가 실제로 사장이라도, 아니, 가정이 아니라고 하는 것조차 지금으로서는 가정이 될 수밖에 없지만, 아무튼 귀하가 실제 기업의 사장이라도 살인자를 고용할 생각입니까?

어느 면접이든 터닝 포인트는 반드시 존재합니다. 지금까지의 희미한 인상이나 잘못을 단번에 만회할 수 있는 터닝 포인트. 안타깝게도 그 지점이 어디인지 간파해 내는 것은 자신의 역량에 달려 있겠지만요.

취업 특강 강사가 그렇게 말했을 때, 이미 수십 번의 면접 경험이 있었던 M은 그 말을 믿지 않았다. 대부분의 면접은 그런 드라마 없이, 마치 나만 빼놓고 하는 리허설처럼 진행되다가 어느 순간, 끝난다는 말도 없이 끝나 버렸으니까. 그러나 면접관의 눈을 마주한 순간, M은 지금이 그 터닝 포인트라는 것을 직감했다.

면접관3 어떻습니까? 고용할 겁니까?

만약 제가 진짜 사장이고 살인자와 도둑이 취업하고 싶

다고 찾아온다면 두 명 다 엉덩이를 걷어차 내쫓아 버린 뒤 경찰에 신고할 것입니다. 그리고 왜 하필 우리 회사에 저런 인간쓰레기들이 면접을 보러 온 건지, 이유가 뭔지 심각하게 고민해 볼 것입니다.

그러나 M은 그 대답을 보류할 수밖에 없었다. 면접관은 과연 진심을 원하는 것일까, 아니면 여기서도 전략을 원하는 것일까. 끝까지 살인자의 변호인 역할을 자임해야 하나. 아니면 여기서 죄인을 포기하고 순수한, 아무 죄도 짓지 않은 자연인으로 돌아가야 하나.

M   ……아닙니다.

M의 대답을 들은 면접관의 질문은 당연했다.

면접관3 그런데 왜 그렇게 대답했습니까?

M   그건…….

M은 또 머뭇거렸다. 연이은 답변 지체는 면접을 망치는 악마였다. 입을 다물고 있으니 무슨 대답이든 어서 하는 편이 유리했다. 시간이 지체되면 지체될수록 면접관들은

M을 미덥지 못한 사람으로 여길 것이었다.

면접관3 말해 봐요. 왜 그렇게 대답했죠?

M 왜냐하면…… 그건…….

우유부단한 혀를 가혹하게 채찍질한 결과, 아직 준비가 끝나지 않은 대답이 알몸으로 튀어나와 버렸다.

M 이게 면접이기 때문입니다.

M은 자기가 진심을 말한 것인지, 아니면 새로운 전략을 짠 것인지 스스로도 가늠할 수 없었다.

합격입니다.

03:15 안녕하십니까. 기업 정신의 요람이라고 알려진 이곳 연수원에 입소하게 된 것을 무한한 영광으로 생각합니다. 재능 있는 동기들, 훌륭하신 선배님들과 4주 동안 함께 생활할 것에 벌써부터 가슴이 벅찹니다. 연수원을 나갈 때는 회사에 이바지할 수 있는 새 사람이 되어 있을 것을 감히 약속드립니다. 열심히 배우는 자세로 임하겠습니다. 많이 가르쳐 주십시오.

너무 힘이 들어갔나. 새 사람이라는 말에서 '새'는 빼는 게 좋을지도. 새 사람이라니, 너무 어린애들이 쓰는 말 같다. 아니면 교도소에서 막 출소한 재소자나. 자기소개를 하는 건 어릴 때나 나이를 먹어서나 왜 이렇게 부끄러운 걸까. 자기 입으로 자기 이름을 부르는 것도 영 어색하고 말이야. 아무튼 이렇게 마음속으로라도 멘트를 연습해 두면 최소한 실전에서 실수는 안 하겠지. 새벽이라서 그런가, 여긴 참 조용하다.

03:17 세 반 가운데 3반에 배정됐고 그 안에서 다시 5개 조로 나눈 끝에 마지막 5조로 배정됐다. 우리 3반은 모두 스물여섯 명. 다른 조는 다섯 명씩인데 우리 조만 여섯 명이다. 큰 의미는 없겠지만 어쨌든 수적으론 우위가 된 셈

이랄까. 안경잡이, 떠버리, 여자1, 여자2, 그리고 달리 부를 만한 특징이 없는—그래, 오늘 회색 셔츠를 입고 있었으니까 회색 셔츠라고 부르자—회색 셔츠, 이들이 현재 나의 동료다. 미래에 함께 과자를 팔 동료들.

참, 같은 조는 아니지만 함께 방을 쓰게 된 룸메이트를 빼놓으면 안 된다. 이제 대학을 갓 졸업한 꼬마 녀석. 본격적으로 시작된 연수 첫날에 대한 긴장감도 없이 옆에서 잘 자고 있다. 얕은 숨소리가 전해져 들린다. 간간이 침을 삼키는 소리도 들려오고. 아기 양 같다.

합숙 종료 D-24

03:16 봉사 활동이라기에 만만하게 생각했는데 쉽게 볼 게 아니다. 집을 짓다니. 이틀 쉬고 하루 일하는 강행군. 역시 대기업은 봉사 활동도 차원이 다르다. 본관에 의무실이 있다는데 아침이 되면 가서 파스 좀 받아 와야겠다. 그런데 몸이 이렇게 녹초가 됐는데도 자꾸만 이 시간에 잠이 깨는 건 왜일까. 3시 16분. 어제도 아니고 오늘도 아닌 것 같은 시간. 꼬마는 마법사가 수면 가루라도 뿌려 준 것처럼 잘 자고 있다. 무슨 꿈을 꾸고 있을까. 꿈에서도 누나들이 단체로 출연하나. 쓸데없는 상상 말고 잠이나 다시 자야겠다. 내일, 아니, 오늘이지. 오늘을 위해서. 여긴 참 조용하단 말이야.

합숙 종료 D-20

03:14 이왕 바꾸려면 한꺼번에 바꿔 버리는 게 나을 거다. 좀스럽게 한 번에 하나씩 바꾸어서는 결코 과거와 굿바이 할 수 없다. 새 사람이 되겠다고 선언한 대로 정말 새 사람으로 태어나는 거다. 살고 있는 집도, 입고 있는 옷도, 신발도, 시계도, 전화도. 첫 월급으로 다 감당할 수 있을지는 모르겠지만 부족하면 신용 카드가 있다. 신용 카드라. 내 이름으로 된 월급 통장과 신용 카드. 지금 들리는 게 내 심장 박동 소리인가? 여긴 정말 조용하다.

합숙 종료 D-12

03:13 "세일즈맨은 항상 고독한 법이랍니다."

또 이 애매한 시간. 그렇지만 아직 잠기운이 남아 있으니 눈만 뜨지 않으면 금세 다시 잠들 수 있다. 그런데 방금 그건 누구 목소리였지? 누구였건. 쓸데없는 호기심. 잠이 다 달아나기 전에 얼른 다시 자자. 조용해서 좋군.

합숙 종료 D-11

03:12 또 이 시간인 건가. 조용한 시간.

03:13 그런데 정말 이곳 새벽은 왜 이렇게 조용한 걸까. 근처에 지나다니는 차량이 없으니 경적이나 브레이크 밟는 소리가 들리지 않는 것은 이해가 간다. 인가에서도 떨어져 있어 생활 소음이 없는 것도. 그렇지만 이렇게 울창한 숲속에 곤충이 울고 새가 지저귀는 소리조차 나지 않는 건 어째서일까. 잠을 자는 걸까? 더위를 피해 시베리아 같은 곳으로 이주했나? 전염병이 돌아 다 죽었나? 모두 아니라면, 숲속에 새가 한 마리도 없다는? 뭐야, 하느님의 손이 숲에 새를 풀어놓는 것을 잊어버리기라도 한 건가? 그런데 하느님도 그런 실수를 하시나.

이곳의 새벽은 정말 조용하다. 아니, 이렇게 가만히 귀 기울이고 있으면 조용한 단계를 넘어선, 어떤 고요함 같은 게 느껴질 정도다. 조용함이 단순히 소리가 없는 것이라면 고요함은 그 조용함 속에 어떤 나지막한 진동 같은 게 관통하는 것. 버려진 해변을 나뒹구는 작은 소라의 배 속에 숨어들어 와 있는 것처럼. 물론 소라의 배 속 같은 곳엔 한 번도 들어가 본 적 없다. 당연히 앞으로도 없을 거고. 아무튼 이곳엔 그런 고요함, 소라의 배 속 같은 고요함이 흐른다. 짓지도 않은 죄 때문에 괜한 죄책감이 들 것 같은 고요함.

시멘트 일색인 도시 한복판에 살면서도 새 떼가 지저귀는 소리를 들으며 잠이 깬 적이 있다. 물론 최근의 일은 아니다. 있다 해도 근래에는 새소리 같은 것에 신경 쓸 여유가 없었으니. 아마 10년도 더 전, 고등학교에 다닐 때였을 거다. 한번은 참새 한 마리가 베란다로 들어온 것을 보고 잽싸게 창문을 닫아 집 안에 가둔 적이 있었다. 너무나 흥분되어 온 방의 문을 열고 다니며 가족을 불러 모아 얼른 새를 구경하라고 했다. 특별히 새를 좋아한다거나, 키우겠다거나, 구워 먹으려는 생각이 있었던 건 아니다. 다른 특별한 목적이 있었던 것도 아니고. 그러고 보니 난 왜 고작 참새 한 마리에 그런 법석을 피웠던 걸까.

그저 뭐든 신기한 게 집 안으로 들어오면—참새는 그리 신기한 것도 아니지만, 그래도 창공의 참새가 아니라 천장의 참새는 신기하긴 하지—어떻게 해서든 일단 잡아 두고 싶은 게 인간의 본능인 걸까. 그렇다면 왜 잡아 두고 싶어하는 걸까.

왜 다 큰 어른들 여럿이 창틀 뒤에 숨어 낄낄대며 새를 구경하는 걸까. 왜 새가 투명한 창에 몸을 부딪힐 때마다 오오, 하고 연민과 환호가 섞인 탄성을 내지르는 걸까. 좁은 베란다에 갇혀서 허둥지둥하는 작은 생물을 구경하는 게 그렇게 재미있나. 방향을 틀기만 하면 뒤쪽 베란다로도 충분히 나갈 수 있는 길이 있다는 것을 모르는 작은 머리가 우습나. 새의 전부인 날개가 꼼짝없이 무용지물이 된 모습이.

맞아. 그런 건 꽤 웃기지.

가엾지만 웃긴 건 사실이야. 그래서 어린아이들이 사랑받는 거고.

내부로 자꾸 파고들어야 할 것 같은 고요함 때문인지 이곳에 온 뒤로 아침이면 이렇게 잊고 있었던 옛날 일이 하나씩 찾아온다. 오늘은 느닷없이 참새가 날아들었지만 지난번엔 잠결에 이런 목소리가 들려왔다. "세일즈맨은 항상 고독한 법이랍니다."

04:11 전철 안 잡화 판매부터 개인 여객기 판매까지 섭렵한 백전불패의 세일즈맨이자 죽기 전 최후의 세일즈로 국가 없이 떠도는 민족을 위해 영토까지 세일즈한 일국의 국부. 전 세계에서 유일하게 세일즈로 노벨평화상을 받은 신화적인 인물, 세일즈 킹. 물론 그의 커리어가 처음부터 순조로웠던 것은 아니다. 실패와 좌절이 이름처럼 따라붙었고 그가 세일즈에 실패할 때마다 그의 상사가 튀어나와 자네 세포엔 세일즈맨으로서의 자질이 없다고 몇 번을 말해야 하나, 빈정댔다. 그랬던 그가 첫 세일즈를 기록한 날의 에피소드가 선명히 기억난다. 판매할 물품은 안마기, 시간은 정오쯤, 장소는 한적한 버스 안. 미래의 세일즈 킹이 될 남자는 그날도 판매율 제로에 의기소침해진 상태로 고향에서 부모님을 모시고 사는 형과 통화 중이었다.

"그래, 그래, 난 잘 지내. 형은 어때? 어머니 아버지도 다 건강하시고? 뭐? 아, 그 안마기? 뭐, 별건 아니고 지난번에 어머니가 허리 아프다고 하셨던 게 기억나서 한번 보내 본 거야. 어때, 사용하시긴 해? 에이, 과장은. 어떻게 그거 며칠 썼다고 허리가 다 나으실 수가 있어. 막내아들이 보내 준 거라고 그렇게 말씀하시나 보지? 아니야? 정말 예전처럼 무거운 물건도 번쩍번쩍 드셔? 어, 나도 솔직히 그 정도 효과까지 기대한 건 아니거든. 그냥 밤에 마사지나 하시라고 보낸 건데. 그래, 어찌 됐건 다 나으셨다면 천만다행이지. 뭐? 어머님 친구분들도 안마기를 구하고 싶어 해? 그럼, 당연히 구할 수 있지. 그래, 그래, 그분들 연락처를 보내 주면 내가 제일 신상품으로 확보해 놓을게. 아, 잠깐만."

뒷좌석에 앉은 한 할머니가 한창 통화 중이던 세일즈맨의 어깨를 두드리며 말한다. "그 안마기라는 거 말이야, 나도 하나 사고 싶은데, 살 수 있나?" 용감한 할머니를 필두로 버스 안은 갑자기 이동 상점으로 변했고 세일즈맨은 움직이는 버스 안에서 총 열여섯 대의 안마기를 팔았다. 세일즈 킹 탄생의 서막이었다.

그는 훗날 거물이 되었을 때도 중요한 세일즈를 나갈 때면 꼭 신입 사원 때 신던 헌 구두로 바꾸어 신고 나갔는데, 그 헌 구두가 그의 트레이드 마크였다.

"세일즈맨은 항상 고독한 법이랍니다"와 더불어 고객들

만 알아들을 수 있는 전매특허의 방백을 외치며. "세일즈
맨 구두가 새것이어서 좋을 건 없잖아요."

05:30 하나, 둘, 셋, 넷, 둘, 둘, 셋, 넷. 커튼 사이로 아침
해가 아른거리는가 싶더니 밖에서 희미한 구령 소리가 들
려온다. 드디어 소리의 출현. 누워 있는 것도 지루하던 참
에 구경도 할 겸 침대에서 일어나 커튼 한쪽을 걷고 창밖을
내다보았다. 서른 명쯤 되는 아침 체조 멤버들이 일제히
하늘을 향해 팔을 뻗고 있다.

아침 체조의 존재를 알게 된 것은 합숙을 시작하고 일주
일 정도가 흐른 뒤였다. 어느 동기생을 둘러싼 채 '대장, 대
장' 이렇게 부르며 따르는 게 이상해서 왜 그렇게 부르느
냐고 물었더니 무리 중 한 사람이 우리 아침 체조 대장이잖
아요, 라고 했다. 그가 전해 준 아침 체조의 시작은 이렇다.

연수원에 들어온 지 만 하루도 지나지 않아 자기를 포함
한 대부분의 참가자들이 이곳의 시설을 미처 다 파악하지
못했던 이른 아침, 시설 파악을 다 끝냈는지 아닌지는 모
르지만 아무튼 당당하게 운동장으로 나온 한 남자가 있었
다. 남자는 운동장 한가운데 서서 전신 스트레칭과 간단한
근력 운동이 포함된 체조를 했다. 화장실에 다녀오다가 그
모습을 목격한 한 참가자가 자고 있는 룸메이트를 깨워 황
급히 운동장으로 달려 나갔다. 그는 아침 체조가 연수원의

54

정식 프로그램인 줄 안 것이다. '대장'은 불시에 불청객들이 끼어들었는데도 놀라는 기색 없이 체조를 이어 나갔다. 그 뒤로 참가자들이 하나둘 늘어 지금은 서른 명 정도가 되었다는 게 그의 설명이었다. 우스갯소리로 무림 사파(邪派)의 탄생 같은 얘기네요, 했더니 그는 웃는 기색 하나 없이 같이 하고 싶으면 아침 다섯 시 반까지 운동장으로 나오라고 했다.

그다음 날, 역시 이른 시각에 잠이 깨 이런저런 생각을 하며 침대에 누워 있는데 밖에서 희미한 구령 소리가 들려왔다. 문득 어제 들은 말이 생각나서 커튼을 걷고 밖을 내다보니 정말 서른 명 가까운 사람들이 운동장에 모여 체조를 하고 있었다. 모든 체조라는 게 관찰자 시각에서는 어딘지 우스꽝스러워 보이기 마련인데, 그들 역시 다리를 활짝 벌린 부끄러운 자세로 서 있었다. 나는 커튼을 반쯤 젖힌 채 체조가 끝날 때까지 그들의 우스운 모습을 구경했다. 그러나 밖으로 달려 나가지는 않았다. 오늘처럼.

06:25 아침 운동이 다 끝나 갈 시간이 되니 그제야 꼬마가 부스스한 머리를 하고 일어나 침대에 앉는다. 베개를 끌어안고 있는 자세만으로도 꼬마는 집에서 귀여움을 받고 자란 분위기를 풍긴다. 꼬마는 결혼 안 한 누나가 세 명이나 있는 집의 막내인데, 일어나자마자 집에 안부 전화를

거는 것으로 아침을 시작한다.

"굿모닝. 왕자님 지금 막 일어났습니다. 어마마마도 안녕하시고요?"

꼬마네 가풍은 조금 웃기다. 연수 초기에는 의도치 않게 통화를 엿듣고 혼자 실실 웃은 적도 있다. 그러나 꼬마의 엄마가 간이 안 좋아서 입원 중이라는 얘기를 들은 뒤로는 웃음을 자제했다.

전화를 끊은 꼬마는 내가 창밖을 구경하는 것을 보고 하여간 정말 대단한 사람들이에요, 라고 말한다. 꼬마는 다섯 시에 일어나 다섯 시 반에 아침 체조를 하는 사람들을 절대 이해하지 못한다. "인간이 그게 가능해요?" 너도 군대에선 일찍 일어났을 거 아니야, 라고 대꾸했는데 꼬마에게는 해당 사항이 없는 얘기였다. 꼬마는 병역을 면제받았단다. 어떤 이유 때문이라며 꼬마가 자기 신체에 얽힌 복잡한 이야기를 해 줬는데, 나는 좋은 세포와 나쁜 세포가 충돌하는 의학적인 상상 대신 부모님과 세 누나가 총동원돼서 국방부를 압박하고 청와대에 탄원서를 보내는 모습만 떠올랐다. 첫째 누나는 차라리 자기가 동생 대신 군대에 가겠다고 눈물로 호소하지 않았을까.

아침 식사 시간에 늦지 않기 위해선 아침마다 목욕재계를 하는 꼬마보다 먼저 씻어야 한다. 나는 욕실로 들어가면서 입사하면 매일 지금보다 더 일찍 일어나야 할 텐데 그

땐 어떡하려고? 라며 겁을 주었다. 그랬더니 꼬마는 병역
부정 면제에 따른 재입영 통지서를 받은 사람처럼 비극적
인 포즈로 침대에 드러눕는다.

07:30 식당으로 올라와 간단하게 토스트와 햄, 달걀 프
라이를 요리한다. 제과 회사의 연수원답게 조리에 필요한
식자재는 부족함 없이 갖추어져 있다. 다른 한쪽에선 단결
력이 좋기로 유명한 1조가 무언가를 열심히 만드는 중이
다. 대부분 아침은 간단하게 때우는 정도인데 사수들 중에
서도 가장 까다로운 사수 '강'을 담당으로 만난 1조는 그를
만족시키기 위해 늘 고군분투한다. 나머지 조들은 1조를
안쓰러워하면서 강 같은 사수를 만나지 않은 것에 안도하
는 분위기다.

"전자레인지가 잘 작동하지 않는 것 같은데 어떻게 하는
지 알아요?"

2조 조원인 것 같은 사람이 나에게 와서 묻는다. 특별히
말을 나눠 본 사이는 아닌데 아무래도 끼어들 틈이 없는
1조보다는 개인플레이를 하고 있는 나에게 묻는 게 더 편
했나 보다. 보니까 큰 사발에 계란이 잔뜩 풀어져 있다. 달
걀찜을 만들 생각인 모양이다. 지금까지 이 사람은 자기
조원들이 만들어 주는 요리를 편안하게 얻어먹었거나 아
침을 줄곧 걸러 온 게 분명하다. 왜냐하면 단 한 번이라도

이 식당에 들어와 요리를 해 본 사람이라면 합숙 시작 바로 이튿날, 1조 조원 하나가 전자레인지를 고장 냈다는 것을 모를 리가 없기 때문이다. 그 조원이 쇠젓가락으로 버튼을 여러 번 누른 순간—왜 그런 불필요한 행동을 했는지는 모르겠는데—전자레인지는 삐익, 하고 비명 같은 소리를 낸 뒤 작동을 멈추었다. 그런데도 공개적으로 전자레인지 문에 '고장'이라는 문구를 붙이지 못하는 이유는 1조 조장 선봉대의 부탁 때문이다. 1조는 주방 청소를 맡고 있는데, 만약 사수 강이 전자레인지가 고장 났다는 걸 알면 절대 그냥 넘어가지 않을 거라며 이 일을 비밀에 부쳐 달라고 부탁했다. 나는 그 약속을 지키기 위해 목소리를 낮추며 속삭인다.

"되도록이면 여기서 전자레인지는 언급하지 않는 편이 신상에 이로울 거예요. 내 말 무슨 뜻인지 알죠?"

장난스럽게 윙크를 했는데 남자는 내 농담을 전혀 이해하지 못하고 의문에 휩싸인 얼굴로 손에 든 계란 사발과 전자레인지를 번갈아 바라본다. 나는 그를 내버려 두고 창가 쪽 식탁으로 걸어간다.

08:00 토스트를 한 입 베어 문 뒤 오렌지 주스를 들이켠다. 더 이상 첨가할 게 없는, 단순하고 완벽한 맛. 깨끗하게 닦인 통유리 너머로 연수원과 그 주변을 둘러싼 풍경이 한

눈에 들어온다.

연수원은 깊은 산속에 자리하고 있다. 울창한 숲을 베어내고 만든 것 같은 원형 부지 안에 교육이 이루어지는 본관 건물과 연수생들이 머무르는 세 동의 숙소 건물이 있고, 작은 연못을 사이에 두고 카페테리아가 떨어져 있다. 점심과 저녁은 그곳에서 급식을 먹지만 아침은 각 숙소 건물 3층에 있는 식당에서 연수생들이 직접 만들어 먹는다. 정규 연수 외에 직원들이 휴가 때 이용하는 경우가 많기 때문에 게스트 하우스 식의 운영이 혼재하는 것이라고 들었다. 1, 2년 차엔 어렵겠지만 3년 차쯤부터는 나도 이곳을 이용할 수 있을지도.

이 산등성이만 넘으면 바로 바다가 있다. 외지인들에겐 아직 소문이 나지 않아 해변이 달 표면 같다는데, 연수 마지막 날쯤엔 우리 일흔여섯 명 전원이 바다로 가 넓디넓은 백사장에서 가는 여름을 즐길 수 있지 않을까.

짐을 쌀 때만 해도 연수원이 이런 곳이리라고는 전혀 상상하지 못했다. 내가 각오한 것은 바퀴벌레가 기어 다니는 감옥, 바퀴벌레를 먹으라고 떠미는 교관들, 거짓 웃음을 지으며 바퀴벌레를 먹는 교활한 경쟁자들. 그런 말도 안 되는 상상을 하게 된 이유는 아마도 면접이 모든 전형의 끝인 줄로만 알았다가 그다음에 한 단계가 더 남았다는 것을 뒤늦게 알게 된 충격 때문이었을 거다.

"연수원이라뇨? 그런 얘기는 못 들었는데요."

인사 담당자는 모든 지원자가 인지하고 동의한 사실을 왜 나만 모를 수 있느냐며 나의 부주의를 질책했는데, 속으로 어떻게 이런 녀석이 우리 회사 면접에 합격할 수 있었지? 의심하는 것 같기도 했다. 그는 연수에 참가할지 여부는 어디까지나 선택 사항이며 약관 어디에도 강요 규정은 없다고 했다. 그러나 인사 담당자가 2차 면접 합격자들에게 일일이 전화를 걸어 동의 여부를 확인하는 것 자체가 강요 규정이었다. 선택의 여지란 있을 수 없었다.

"가겠습니다. 사실 지금 짐을 싸는 중이었어요. 지금 바로 가겠습니다."

"당장 올 필요까진 없어요. 연수는 일주일 후에 시작이니까."

머쓱하게 전화를 끊은 나는 W기업의 신입 사원 모집 요강을 다시 한 번 꼼꼼히 살펴보았다. 정말로 1차 서류 심사와 2차 면접, 3차 연수원 합숙(4주간)이 동일한 규격과 해상도로 차례차례 명시되어 있었다. 어떻게 이렇게 중요한 조항을 놓쳤는지, 미스터리였다. 만약 면접관들이 연수원에 관해 한 마디라도 물어봤으면 나는 바로 그 자리에서 탈락했을 것이다. 그런데 지금에 와서야 하는 말이지만, 내가 어떻게 면접에 합격한 걸까. 분명히 떨어졌으리라고 생각해서 다른 회사에 넣을 입사 지원서를 쓰고 있었는데.

내가 그 네 명보다 뛰어났다니, 이해가 안 되면 안 될수록 더 짜릿하다.

08:10 "무슨 생각을 그렇게 골똘히 해요?"

친구가 내 앞자리에 쟁반을 내려놓으며 저기서부터 몇 번이나 불렀는데, 한다. 아, 미안, 잠깐 무슨 생각 좀 하느라고요, 했더니 친구는 하도 꼼짝을 않기에 식사 기도라도 하는 줄 알았어요, 라고 말하며 내 맞은편 자리에 앉는다.

원칙상 아침 식사는 같은 조원들이 함께 만들어 먹는 것으로 되어 있지만 그 규칙을 엄격히 지키는 조는 1조 정도이고, 보통은 나처럼 혼자 해결하는 경우가 많다. 4조인 친구와는 시간이 맞으면 가끔 함께 아침 식사를 하곤 한다. 친구의 오늘 아침 메뉴는 카레밥이다. 언제 와서 밥을 한 거예요? 라고 물으니 1조에 밥이 남아서 조금 얻어 왔어요, 한다. 확실히 친구 같은 사람에게라면 남는 밥이 없을 때도 각자 한 숟가락씩 덜어 한 공기를 만들어 줄 것이다. 알고 지낸 지 겨우 2주밖에 안 되지만 친구가 어떤 사람인지는 그때 직감적으로 알 수 있었다.

"시계, 꽤 오래된 것 같은데도 차고 다니는 걸 보면 중요한 사람한테서 선물받은 건가 봐요?"

지난번 봉사 활동을 마치고 돌아오는 차 안에서 말도 틀겸 그의 낡은 손목시계를 화제로 끌어들였더니, 친구는 시계 유리를 쓱 문지른 뒤, 고등학교 입학 기념으로 자기 자신에게 사 준 선물이라고 했다.

"저희 집은 형편이 넉넉지가 않아서 그런 선물까지는 일일이 안 챙겨 주거든요. 그래도 고등학교 입학 기념이 될 만한 것은 꼭 하나 갖고 싶어서, 중 3 겨울 방학 내내 아르바이트를 해서 돈을 모았어요. 지금도 기억나요. 진눈깨비가 내리던 날. 새로 산 이 시계를 손목에 차고 비인지 눈인지 모르는 것을 맞으며 집으로 돌아오는데, 뭐랄까, 부모님이나 형제들에게서 한 발짝 멀어진다는 느낌? 그런 게 몰려오더라고요. 가족들과는 사이도 좋고 집도 여전히 안락한 곳이지만, 그런 것과 상관없이 제가 가야 하는 세계는 다른 곳에 있다는 생각이 들었어요. 어쩌면 거긴 이렇게 앞도 잘 안 보이고 가족이 이해 못 하는 외로운 곳일지도 모르지만, 나는 반드시 그곳을 향해 걸어가겠다. 열일곱 살이 진지하니까 엄청 우습죠? 그곳이 어딘지, 어떤 곳인지는 지금도 계속 찾는 중이에요. 이 시계와 함께."

친구의 소중한 추억을 들은 나는 보답으로 그와 비슷한 이야기를 해 주었다.

"저도 사실은 좀 오래된 구두가 있어요. 면접 갈 때만 아껴 신은 거라서 많이 낡진 않았는데, 디자인이나 색 같은 게 좀 구식이에요. 그래서 첫 출근을 하면 무조건 새 구두부터 살 계획이었는데, 다시 생각해 보니 오래된 구두를

신고 일하는 게 오히려 도움이 될 수도 있겠다는 생각이 드
네요. 세일즈맨 구두가 새것이어서 별로 좋을 것도 없잖아
요."

"세일즈맨? 세일즈맨이 되고 싶은 거예요?"

"우리 모두 영업 8부의 세일즈맨이 되는 거 아닌가요?
과자 세일즈맨."

그때 사수가 자, 거의 다 도착했습니다, 얼른 잠 깨서 각
자 짐들 챙기세요, 라고 외친 탓에 우리의 대화는 거기에
서 중단됐다.

08:20 식당으로 1조 사수 강이 들어서자 다들 식사를
멈추고 인사를 한다. 강은 각 테이블을 돌아다니며 아침 식
사가 순조롭게 진행되고 있는지를 살핀다. 강은 나와 친구
가 앉은 테이블로도 와서는 여기는 두 명뿐이고, 혼잣말을
한 뒤 지나쳐 간다. 그 소리를 들은 나는 우리 5조 조원 중
한 명이자 친구의 룸메이트인 회색 셔츠에 대해 물었다.

"오늘도 아침 안 먹는데요?"

"원래 체질상 아침이 안 받는대요. 그래도 오늘 같은 날
은 아침을 좀 먹어 두어야 체력적으로 견딜 수 있을 텐데."

"오늘 같은 날?"

내 물음에 그러잖아도 진지한 친구의 얼굴이 한층 더 진
지하게 변한다.

"오늘 봉사 활동 가는 날이잖아요. 잊고 있었던 거예요?"

나는 토스트를 한 입 베어 물며 그 얘기였냐는 식으로 아아, 고개를 끄덕였다. 내가 잊고 있었던 게 아니라, 봉사 활동 자체가 특별히 기억하고 말고 할 만한 일이 아니었다. 따로 기억해 두지 않아도 어차피 정해진 일정에 따라 진행되는 프로그램이니까. 나는 마지막 한 입 남은 토스트를 마저 입 속에 넣은 뒤 주스를 들이켰다. 기분 좋은 포만감.

그때 창밖으로 시선을 돌렸던 친구가, 마을이 있음 직한 먼 곳을 바라보며 혼잣말을 중얼거리는 소리가 들렸다.

"무지는 힘. 모르는 게 나을 수도 있지."

그런 표정, 그런 식으로 말하는 친구의 모습은 어딘가 조금 생경하다.

08:40 식사를 마친 뒤 친구는 바로 숙소로 내려가고 나는 시간이 조금 남은 것을 확인하고 옥상으로 올라갔다. 송이의 상사가 출근하지 않은 이 시간대에는 그나마 조금 여유롭게 통화를 할 수 있다.

지난번에 통화했을 때는 송이의 상황이 좋지 않았다. 먼 곳에 와 있는 내 기분을 배려해 자세한 이야기는 하지 않았지만 심각하게 이직을 고려하고 있는 것 같았다. 학창 시절 내내 미술을 하고선 이제 와 아무 관련도 없는 은행 이사의 비서로 일하는 게 몹시 괴로운 모양이었다. 내가 생각해도 송이처럼 자유분방한 성격에 세속적인 은행 간부의 비서는 아무래도 어울리지가 않는다. 그러나 아직 송이를 책임질 능력이 없는 나로서는 요즘은 다들 그렇잖아, 라는 위로밖에 못해 준 게 마음이 쓰인다.

"잘 지냈어? 요즘 날씨 좋지?"

그런데 전화를 받은 송이의 목소리가 그때의 우울에서 벗어나 그림을 그리던 때와 같은 활기가 넘친다. 며칠 사이에 다른 직업을 구한 건 아닐 텐데. 송이가 밝아진 건 기쁘지만 무슨 일이 있었던 건지 궁금하다.

"무슨 좋은 일이라도 생겼어? 목소리가 들뜬 것 같은데."

"그렇게 들려? 사실은, 그림을 한 점 샀거든."

송이의 목소리는 사랑하는 무언가를 물끄러미 응시하고 있는 것처럼 달콤하다. 나는 무슨 그림이냐고 되물었다.

"이사님이 응접실에 걸어 둘 그림이 하나 있으면 좋겠다고 해서 같이 갤러리에 가서 골랐어. 알지? 내가 가장 좋아하는 갤러리, 거기에서."

한 번도 가 본 적이 없어 비서실 구조가 어떤지는 모르지만 아마도 그 그림이라는 것이 송이가 바라보는 쪽 벽에 걸려 있는 모양이다. 혀가 계속 달콤한 사탕을 굴리고 있는 것 같다.

"굉장하네. 그림 하나에 그렇게 기분이 반전되다니. 그럼 당분간 이직 생각은 접어 두기로 한 거야?"

송이는 아직 확실히 모르겠다면서 덧붙인다.

"그냥, 이 그림을 보고 있으면 내가 여기에서 아주 중요한 사람이 된 것 같은 기분이 들어."

송이와 나는 이런저런 얘기를 더 하다가 서로가 있는 곳에서 행운을 빌어 준 뒤 전화를 끊는다.

09:00 방으로 돌아와 보니 꼬마가 온몸에 선크림을 바르고 있다. 봉사 활동을 나갈 때마다 바르는 선크림의 양이 많아지더니 오늘은 광택 작업을 끝낸 백자처럼 얼굴이 번들거린다. 내 쪽으로 선크림을 내밀며 형도 바를래요? 라고 물은 꼬마는 내가 대답하기도 전에 자기가 알아서 내 양쪽 볼에 하얀 크림 덩어리를 찍어 놓는다.

"아무리 그래도 이건 너무 과한 것 같은데."

내 반응에 꼬마는 그 정도는 발라 줘야 자외선이 확실하게 차단된다면서 이제는 남자의 깨끗한 피부도 경쟁력인 시대라고 강조한다. 어쩔 수 없이 거울 앞으로 다가가 선크림을 골고루 펴 바른다. 점점 하얗게 변하는 얼굴이 꼭 무대로 올라가기 전의 연극배우가 분장을 하는 것 같다. 꼬마는 이렇게 얼굴이 하얗게 변하는 현상이 심한 것일수록 효과가 좋은 선크림이라며, 어색해하지 말라고 한다.

그래도 나는 피에로가 된 얼굴에 영 적응이 되지 않아 캡을 깊이 눌러썼다. 연수 시작할 때 나눠 준 이 모자. 엄지를 치켜든 꼬마 곰도 쓰고 있던 그 빨간 모자다. 정면에 회사 로고 W가 새겨져 있다. 이 모자만 썼다 하면 벌써 정식 세일즈맨이 된 기분이다.

09:20 주차장에는 우리를 태우고 갈 회사 버스 세 대가 시동을 걸어 놓았다. 사수들까지 포함해 백 명 가까이에 이르는 사람들이 일제히 운동장을 지나 주차장으로 향한다. 전체 교육을 제외하고는 주로 반이나 조 단위로 활동하기 때문에 전원이 함께 이동하는 이런 순간에는 새삼 내가 속한 조직의 규모와 실체를 실감하게 된다. 고작 영업 8부의 신입 사원만 해도 이 정도인데 회사의 모든 직원이 한자리에 다 모인다면. 가능이나 할까. 엄격한 관문을 통과한 사람들만을 대상으로 하나의 조직이 구성되고 그 조직이 다시 더 큰 조직의 하부 조직으로 편성되어, 최상위 조직에서 고도의 전략에 따라 수립한 목표를 수행하기 위해 일사불란하게 움직이는 모습은, 어딘가 모르게 굉장히 감동적인 구석이 있다.

버스에 오르기 전 우리 조 조장인 안경잡이가 인원을 점검하는데 우리 조에서는 여자1이 나오지 않았다. 같은 방을 쓰는 여자2에게 안경잡이가 무슨 일이냐고 물으니 아침부터 갑자기 몸이 안 좋아져서, 라고 한다. 특정한 증상을 언급하는 대신 '몸이 좋지 않다'는 추상적인 묘사를 하는 것으로 보아 아마도 여자들만 겪는 신드롬을 암시하는 듯하다. 안경잡이도 그걸 눈치챈 건지 더 이상의 추궁은 없다. 오늘은 8월 18일. 앞으로 일주일은 고생하겠군.

09:30 버스에 타기만 하면 자기가 속한 조와 상관없이 무작위로 앉는데 마침 앞에 앉은 친구의 옆자리가 비어 있다. 내가 다가가니 친구가 자연스럽게 몸을 창가 쪽으로 붙여 자리를 넓게 만들어 준다. 친구의 행동에는 사소한 것 하나라도 상대방을 배려하고 기분 좋게 만들어 주는 데가 있다. 그런데 내 얼굴을 한 번 본 친구가 다시 고개를 돌려 내 얼굴을 물끄러미 바라본다. 역시 피에로로 변한 내 얼굴색 때문이다. 나는 유난스러운 사람이 된 것 같은 기분이 들어 자의가 아니라 꼬마에게 이끌려 어쩔 수 없이 당했다는 것을 피력했다.

"됐다는데도 자기 멋대로 얼굴에 찍어 놓잖아요. 나 아닌 것 같죠? 도착하면 바로 세수부터 해서 지워 버려야겠어요."

친구는 내가 민망할까 봐 이왕 발랐는데 그냥 둬요, 라면서 혼잣말처럼 덧붙인다.

"이런 날엔 확실히 변장이 필요할 테니."

나는 창밖을 바라본다. 확실히 얼굴을 그대로 드러내면 안 될, 뜨거운 날이긴 하다.

09:40 우리가 봉사 활동을 나가는 곳은 지난여름 수해로 주민의 반이 집을 잃은 마을이다. 거주자들이 워낙 고령인 데다 정부 보조가 미미해 지금껏 컨테이너에 임시 거처를 마련해 살고 있었는데, 어느 집 짓기 봉사 단체가 새집 지어 주기에 나서면서 가까운 곳에 연수원을 둔 우리 회사까지 동참하게 된 것이라고 들었다.

봉사는 사흘에 한 번꼴로 나간다. 처음 봉사하러 간 날에는 지역 신문에서 취재하러 나와 다음 날 신문 지면에 신기까지 했다. 나중에 사수들이 기사가 실린 신문을 보여 주었는데 열심히 벽돌을 쌓는 내 모습도 사진 오른쪽 귀퉁이에 살짝 걸쳐 나왔다. 비록 나 말고는 아무도 그게 나인지 알아채지 못했지만.

친구는 잠깐의 이동 시간에도 독서를 한다. 지금 읽고 있는 책은 한 손에 들어오는 조그마한 문고본으로 제목이 '인간과 사상'이다. 인간과 사상이라니, 그런 건 18세기 사람들이나 읽었을 법한 책 아닌가. 내가 자기 쪽을 바라보는 걸 느꼈는지 친구가 책을 무릎 위에 내려놓고 나와 눈을 맞춘다.

"오늘은 지난번보다 더 더울 것 같죠?"

그러면서 커튼을 살짝 걷는데 그 잠깐 사이에 왼쪽 뺨이 뜨거워진다. 지난번 봉사를 나갔을 때도 그늘을 피할 만한 곳이 없어 한증막 안에서 일하는 것 같았는데 오늘은 그때보다 최소한 3도는 더 높은 것 같다. 하지만 찾으려고만 들면, 어디에나 좋은 점 한 가지씩은 있다.

"여건이 안 좋을수록 일하는 보람은 더 있잖아요."

친구라면 당연히 그건 그렇죠, 라며 동의해 줄 줄 알았는데 예상과 달리 의아하다는 투로 되묻는다.

"일하는 보람? 어떤?"

나는 어깨를 으쓱하며 대답한다.

"우리가 자발적으로 시작한 건 아니지만 이렇게 회사의 일부분이 되어서라도 봉사 활동을 하는 건 기분 좋은 일이잖아요. 사실 개인으로는 이렇게 구체적으로 사회에 기여할 기회가 별로 없으니까."

"사회에 기여?"

아침에 식당에서 혼잣말을 할 때 스쳐 지나갔던 그 표정이, 친구의 얼굴에서 다시 엿보인다. 늘 미소 띠고 있는 친구의 얼굴과 융합하지 못하는, 그림자처럼 겉도는 표정이다. 나는 그의 본래 얼굴을 되찾고 싶은 마음에 덧붙인다.

"거창하게 기여니 뭐니 하긴 했지만, 어려움에 빠진 이웃을 도와주면 기분이 좋아진다는, 어린애들도 아는 그런 얘기예요."

내 설명을 듣고 뭔가를 골똘히 생각하는 것 같던 친구가 무릎에 내려놓았던 책을 접으면서 묻는다.

"이 봉사 활동의 목적이 뭔지 알고 있어요?"

옆에 앉은 나에게만 들릴 정도의 작은 목소리다. 버스 엔진 소리, 에어컨 소리, 다른 사람들의 말소리가 의도된 방음 장치처럼 우리 주위를 에워싸고 있다. 나는 그게 질문이나 되느냐는 식으로 웃으며 대답한다.

"그야 당연히 수해 입은 사람들을 돕기 위한 거죠."

친구는 아예 책을 앞 좌석에 달린 그물망에 집어넣는다. 얼굴은 여전히 혼잣말을 할 때의 그 얼굴이다.

"혹시 정부에서 이 지역을 전략적인 에너지 집중 생성 지역으로 선정해서 개발할 거라는 얘기 들어 본 적 있어요?"

"그래요? 요즘 뉴스를 잘 못 봐서. 확실히 이쪽이 산도 높고 외져서 에너지가 부족해 보이긴 하죠."

"아니, 이 지역을 위한 에너지가 아니라 대부분 도시로 공급할 에너지를 만들기 위한 발전소예요."

이어진 친구의 설명은 무척 구체적이다.

"우리가 봉사 활동을 나가는 마을도 그 부지에 포함되어 있는데, 고위험군의 에너지 발전소가 들어서려면 마을 주민들이 보상을 받고 고향을 떠나야 해요. 보상이래 봤자 평생 터를 잡고 살던 곳을 떠나기엔 턱없이 적은 액수죠.

게다가 아직 수면 위로 떠오른 얘기가 아니어서, 나이 많은 지역 주민들은 이 계획에 대해선 거의 무지해요. 그들이 알게 됐을 땐 아마 되돌리기 힘든 단계에 다다라 있겠죠. 그때 가서 아무리 목소리를 높이고 반대해 봐도 결국엔 떠날 수밖에 없을 거예요."

나는 친구의 설명을 잠시 끊고 내가 이해한 방향이 맞는지를 확인한다.

"그럼 그 말은, 우리가 지금 쓸데없는 일을 하고 있다는 뜻 아닌가요? 결국엔 다 떠날 주민들을 위해 집을 지어 주고 있다는 거니까."

친구가 고개를 끄덕인다.

"그게 사실이라면 지금이라도 당장 사수들한테, 아니 그보다 높은 사람들한테 알려야 하는 거 아니에요?"

친구는 내 흥분을 단 한마디로 가라앉힌다.

"사수들이, 회사가, 그걸 모르고 있을 것 같아요?"

나는 친구가 하는 말이 잘 이해가 가지 않는다. 어울리지 않게 누군가를 조소하는 듯한 그의 미소도. 친구의 목소리는 더 낮아지고 더 분명해진다.

"여기가 에너지 집중 생성 지역으로 개발된다고 정식으로 발표되고 나면 회사에서도 이 근처에 카지노가 포함된 대규모 리조트를 건설할 계획이에요. 언제까지나 과자 회사에만 머물러 있을 순 없으니까. 외국 자본도 가세할 거고요. 에너지 발전소 근처라는 게 거주 지역으로는 거부감이 들지만 휴양지로는 그렇게 나쁘지 않잖아요. 정부에서도 여러 가지 혜택을 줄 테니."

표류된 기분이 들어 나는 다시 묻는다.

"그런데 그건 말이 안 되지 않나요? 회사에서 그걸 알면서도 우리를 집 짓기 봉사 활동에 보낸다는 건."

친구는 커튼을 살짝 걷어 어디쯤 왔는지 확인하는 것 같더니 다시 커튼을 내려놓는다.

"이런 사업을 하면 토착민들은 대개 정부에 적대적이 되죠. 하지만 그런 저항은 시간이 지나면 거의 수그러들게 돼 있어요. 정부를 적으로 삼는다는 거, 상상만 해도 피곤한 일이잖아요. 계란으로 바위 치기가 아니라 계란을 허공에 날리는 것과 같죠. 누굴 타깃으로 삼아야 하는지부터가 애매하잖아요. 대통령인지, 장관인지, 산업부인지, 아니면 지역 국회 의원인지. 거기다 정권까지 바뀌면 아예 적의 존재조차 사라져 버리죠. 하지만 기업은 달라요. 지역민들을 몰아내는 정부의 개발 정책에 편승해서 돈을 벌었다는 얘기는 기업 이미지에 큰 타격을 줘요. 기업의 히스토리에 금이 가는 거죠. 그 사람들은 우리가 생각하는 것과 달리 돈보다 명예에 더 집착해요. 자기들이 갖지 못한 거니까. 어찌 됐든 이런 여러 가지 이유로 회사 입장에선 가능한 한 오래 이 사업을 모르는 척하는 게 유리해요. 바로 그걸 위해 우리를 집 짓기 봉사 활동으로 보내는 거죠. 그러면 나중에 주민들을 설득할 때 우리 역시 처음엔 정부 계획을 몰랐다, 정부의 결정이 먼저 이뤄진 뒤에 지역 발전 방안으로 리조트 사업을 추진한 거다, 그 증거로 우리는 이 지역 수해민들을 위한 주택까지 지어 주지 않았느냐, 라는 논리로 주민들 저항을 줄일 수 있으니까. 알고 보면 집 지어 주기도 봉사 단체에서 자발적으로 시작한 게 아니라 회사 지시에서 비롯된 거예요. 아마 상당한 돈을 받았겠죠. 겉으론 후원 형식을 띠었지만."

모든 것이 증발할 것 같은 날씨인데 기분만은 추에 묶여 깊은 데로 떨어지는 것 같다.

"복잡한 얘기네요."

친구는 내 말을 부정한다.

"복잡하다기보단 오히려 단순한 얘기 아닌가요? 한마디로 말해 집을 지어 주면서 동시에 집을 빼앗는 거니까. 아니, 이렇게 말해 놓고 보니까 정말 복잡한 얘기가 되네요."

친구가 웃는다. 그답지 않은 쓸쓸한 미소. 그런데 친구는 어디서 이런 이야기를 들었을까. 막 그걸 물어보려는데 맨 앞자리에 앉아 있던 사수가 일어나 곧 도착합니다, 짐들 챙겨 내릴 준비 하세요, 라고 외친다.

10:05 버스가 언덕을 넘자 고도가 낮은 작은 마을의 전

경이 드러난다. 바다가 더 가까워졌는지 나지막이 파도 소리가 들리는 것 같기도 하다. 확실히 이런 곳에 리조트를 짓는다면 성공할 것이다. 카지노 슬롯머신 옆, 리조트 객실마다 우리 회사 과자를 비치해 둔다면 일석이조. 하지만 리조트를 지을 거면 처음부터 있는 그대로 사실을 밝히고 마을 주민들을 단념하게 할 것이지 우리 같은 신입 사원들을 동원해 눈속임으로 집을 짓고 얼마 안 돼 허문다는 것은 도무지.

커튼을 걸은 저쪽 편 창밖으로 건축 중인 집이 여러 채 보인다. 반쯤 지어진 집터를 직접 바라보니 나는 더 알 수가 없다.

벽돌을 쌓으라는 건지, 허물라는 건지.

10:10 길이 좁아 버스는 현장 바로 앞까지 들어갈 수 없다. 모두 마을 어귀에서 내려 10여 분 걸리는 언덕을 걸어간다. 현장에 도착하면 1반, 2반, 3반이 각기 배정받은 구역으로 나뉘어 흩어지는데 1반은 왼편 중턱, 2반은 그 맞은편이고, 내가 속한 3반은 거기서 조금 더 올라가 산자락에 반반하게 다져 놓은 터다. 각 구역마다 다섯 채씩의 1층 양옥을 짓는 중이다.

현장에는 봉사 단체 회원들이 미리 와서 일을 하고 있다. 우리가 온 것을 보고 그들 중 한 명이 구세주들 오셨네,

하며 반가운 목소리로 인사한다. 벌써 뺨이 빨갛게 익어
있다. 부끄러운 줄은 아는 모양이지. 공사 구경도 할 겸 근
처에 서 있던 몇몇 주민이 우리를 향해 박수를 친다. 보는
앞에서 벽돌을 드는 게 미안할 정도로 나이 든 노인들. 저
렇게나 노쇠한데 몇 년 뒤 이삿짐은 쌀 수 있을까. 안경잡
이가 들고 온 아이스박스를 바닥에 내려놓은 뒤 자, 자, 물
부터 마시고 시작합시다, 라고 외친다. 아이스박스를 챙기
는 것도, 조원들의 갈증을 챙기는 것도 조장의 임무다. 안
경잡이의 제안에 따라 모든 조원들이 물 한 잔씩을 들이켠
다. 이제 시작이다.

　11:00 현장에서는 터를 다지고 기초 골조 공사를 끝낸
뒤 벽돌을 쌓는 중이다. 우리 계획은 오늘을 포함해 이제
겨우 네 번밖에 남지 않은 봉사 활동까지 외벽의 벽돌만
이라도 다 쌓아 올리는 것. 하지만 번번이 목표를 달성할
수 없으리라는 생각이 드는 게, 도무지 일에 속도가 붙지
를 않는다. 다들 이런 종류의 육체노동은 처음 해 보는 탓
에 일하는 시간보다 허둥대는 시간이 더 많다. 우리 조만
해도 처음엔 여자1과 여자2가 자발적으로 시멘트를 물에
개는 일을 맡았는데, 얼마 좀 하는가 싶더니 자기들이 벽
돌을 쌓겠다며 보직 변경을 신청했다. 하지만 벽돌을 쌓기
시작한 지 또 얼마 되지도 않아 다시 시멘트 업무로 돌아가

겠다고 했다. 그마저도 오늘은 여자1이 나오지 않았고.

남자들이라 해서 큰소리칠 입장은 아니다. 체력만 유리할 뿐이지 집 짓기는 두 성별에게 공히 낯선 분야다. 그나마 다행인 건 기술과 머리가 필요한 전문적인 일은 봉사 단원들이 책임지기 때문에 우리는 단순 작업만 하면 된다는 건데, 일부에선 그 점을 오히려 모욕적으로 받아들이는 것 같기도 하다. 연수라기에 당연히 에어컨이 돌아가는 사무실에서 컴퓨터를 이용한 마케팅 수업 같은 것을 받을 줄 알았는데 이 무지막지한 햇볕 아래 시멘트 포대를 나르고 벽돌 쌓는 노동을 하게 될 줄은 몰랐다는 불만이다. 봉사 첫날, 저녁 식사를 마치고 나오는 길에 여자1이 어딘가에 전화를 걸어 어떻게 나한테 이런 일을 시킬 수 있냔 말이야, 하며 신경질 내는 소리를 듣기도 했다.

그러나 감옥과 간수, 바퀴벌레까지 각오하고 입소한 나로서는 큰 갈등 없이 시멘트 삽을 부여잡을 수 있었다. 단순하고 고된 업무지만 하다 보면 벽돌 쌓기 속에도 은근한 즐거움이 있다는 걸 알게 된다. 테트리스 게임과 비슷한데, 삽과 벽돌을 손에 쥐고 실제 벽을 쌓아 간다는 면에선 키보드와 마우스를 잡고 가상의 블록을 부숴 없애는 일보다 훨씬 생산적이다. 생산성. 아마 그것은 이곳의 중요한 가치들 중 하나일 것이다. 지난번엔 내가 꽤 생산적이었는지 봉사 단원들이 칭찬을 하기도 했다.

"자네는 자기가 살 집처럼 일을 참 꼼꼼히 하는군. 바로 그게 봉사자의 기본자세야. 남을 위한 일이 아니라 나를 위한 일이라고 생각하는 거지."

그땐 그게 대단한 칭찬인 줄 알고 온종일 기뻤다. 그래 봤자 회사의 사주를 받고 움직이는 자들인데.

"뭐 해요? 지금 반대로 하고 있잖아요."

옆에서 큰 소리가 터져 나와 돌아보니 떠버리가 나를 향해 얼굴을 찌푸리고 있다. 현장을 돌고 있던 우리 조 사수 천이 무슨 일이야, 하며 이쪽으로 다가온다. 떠버리는 별일 아니에요, 라면서도 짜증 섞인 목소리로 덧붙인다.

"제가 기껏 쌓아 놓은 벽돌을 도로 다 내리고 있잖아요."

정말, 언제부터 그랬는지 시멘트로 접착해 놓은 벽돌을 내 손이 하나하나 떼어 내고 있다.

"미안. 잠깐 착각했어. 너무 더워서."

나는 땅에 내려놓은 벽돌을 얼른 원래 자리에 올려놓았다. 떠버리는 그제야 찡그린 표정을 푼다. 잠깐 나를 힐끗거렸던 천은 별일 아니라는 것을 확인하고 아무 말 없이 다른 현장으로 걸어간다. 천은 알고 있는 거다. 정말 별일 아니라는 것을.

13:00 밥차가 도착하니 다들 하던 일을 내려놓고 밥 냄새가 나는 곳으로 뛰어간다. 천막 안 자리가 부족하기 때

문에 늦게 오는 사람들은 서서 먹거나 밖의 풀밭에서 먹어야 한다. 천막 안에 들어서니 특별석마냥 벌써 수저까지 세팅해 놓은 테이블이 딱 하나 있다. 1조 조장 선봉대의 작품이다. 저걸 해내기 위해 선봉대는 얼마나 긴장한 채 밥차가 도착하는 시간을 재고 있다가 얼마나 잽싸게 밥차 특유의 냄새를 맡고 언덕을 뛰어 내려왔을까. 정말 선봉대라는 별명에 모자람이 없다. 선봉대는 자기 조원들을 한 줄로 세운 다음 보초를 서듯 맨 뒷줄에 선다. 점심시간엔 굳이 조끼리 모여 먹을 필요가 없는데도 1조는 늘 주먹밥처럼 엉겨 있다. 밥에서 피어오르는 김 때문인지, 공기가 답답하다.

오늘 메뉴는 제육볶음과 미역냉국. 체력 소모가 컸기 때문에 아침과 달리 다들 열정적으로 식사를 한다. 그러나 땀을 너무 흘려서인지 별로 식욕이 돋지 않는다. 나는 미역냉국만 후루룩 마셔 버린 뒤 천막을 나왔다.

13:15 마땅히 있을 만한 곳이 없어 천막 뒤 풀밭에 앉았다. 햇살이 강해서 나 말고는 아무도 풀밭으로 오지 않는다. 바람은 조금도 불어오지 않는데, 이상하게 풀들이 흔들린다. 여느 때 같았으면 식사를 끝내자마자 바로 현장으로 올라가 봉사 단원들과 얘기를 나누어 가며 일을 시작했을 것이다. 그러나 이제는 그러고 싶지 않다. 그렇게 할 이

유가 사라져 버렸다.

나는 모자를 벗어 얼굴 위에 덮고는 아예 풀밭에 드러눕는다. 정해진 업무 시간 외에 추가 업무를 해야 할 필요가 뭐가 있지. 생산성? 저곳엔 생산성이 없다. 애초부터 저곳엔 잘 구워진 벽돌에 잘 갠 시멘트를 발라 튼튼하게 쌓아야할 이유가 존재하지 않았다. 오히려 미래를 위해선 최대한 허술하게 벽돌을 쌓는 편이 더 이로울 수도. 그렇다면 아예 집을 짓지 않는 건? 하지만 그건 아예 선택지에서 벗어난 답이다. 어떻게 해서든 집의 형태답게 완성은 해야 한다. 다만 최대한 허술하게, 훗날 잘 허물어질 수 있게끔. 그게 이곳의 생산성 기준이라면 필요 이상으로 벽돌과 힘겨루기를 하는 것보다 여기서 낮잠을 자는 것이 생산적일 수 있겠군.

그런데 해가 구름에 가린 건지 갑자기 그늘이 진다.

"오늘은 열정이 안 보이네."

날씨와 상반되는 차가운 목소리를 듣고 모자를 치웠는데 햇빛이 뒤쪽에서 비친 탓에 서 있는 사람의 얼굴이 어둠에 가려 있다.

"하긴, 쉬운 일은 아니지. 이런 날씨 속에서 이런 곳을 견뎌 낸다는 게."

내가 엉거주춤 몸을 일으키자 목소리의 주인공은 유유히 저편으로 걸어간다. 빨간 작업복 조끼를 입은 걸 보니 사수들 중 한 명이 분명한데 뒷모습만으론 누군지 확실하게 알 수가 없다. 식사가 끝났는지 사람들이 다시 현장으로 올라가고 있다. 나도 다시 모자를 눌러쓰고 언덕으로 향한다.

15:00 햇볕은 수그러들기는커녕 더 뜨거워진다. 시멘트가 녹아서 벽돌이 잘 붙을지 걱정이다. 이런 날엔 더 되게 개어서 접착력을 높이는 게……. 아니, 쓸데없는 걱정이다. 왜 시멘트가 녹을지 말지 따위를 걱정해야 한단 말이지. 걱정을 하려거든 이곳까지 올라와 집 짓는 걸 구경하는 노인들의 건강을 걱정하지. 곧 허물어질 새집, 에너지 발전소를 위해 사라질 산등성이를 걱정하지. 나는 할 수 있는 한 최대한 느린 동작으로 시멘트를 바르고 벽돌을 쌓는다.

부품. 알고 있다. 어딜 가나 한 개의 부품일 뿐이다. 그 자체만 손바닥 위에 올려놓고 보면 어떤 목적의 기계를 움직이기 위한 것인지 알 수 없는 아주 작은 부품 한 개. 자동차 바퀴를 조이는 데 들어갈 것인지, 전화기 칩에 쓰일 것인지, 아니면 인간의 뇌를 열어 볼 때 쓰는 의료 로봇 팔의 나사인지. 전체는 중요하지 않다. 그것까진 신경 쓸 것 없다. 제자리에서 잘 돌아가는 것만으로도 충분히 순정 부품 마크를 받을 수 있다. 그것이 작은 부품의 생산성, 대수롭지 않은 운명이다. 그 대수롭지 않은 운명을 위해 마흔여 덟 번의 면접을 봤다. 마흔일곱 번의 거절을 당하면서. 서른 번이 넘었을 땐 눈물이 났지만 마흔 번이 넘었을 땐 다시는 울지 않겠다고 다짐했다. 눈을 낮춰 일단 아무 데나 들어가라고 말하는 부모님께 원룸 보증금을 부탁하는 전화를 걸 때 그 다짐이 깨지긴 했지만.

안경잡이와 떠버리는 열심히 벽돌에 시멘트를 바르고 있다. 파트너를 잃은 여자2는 외로운 동작으로 벌써 다 풀어 놓은 시멘트 통을 공연히 휘젓고 있다. 회색 셔츠는 언제나 그렇듯 별 말 없이 자기 임무에 충실하다. 나는. 나는 무얼 하고 있는 걸까. 분명 손에 삽과 벽돌이 쥐어져 있긴한데. 얼른 시간이나 갔으면. 태양을 올려다보는데 화난 사람처럼 얼굴이 찡그려진다.

17:10 모두 녹초가 된 탓에 버스 안은 쥐 죽은 듯 조용하다. 나는 올 때와 마찬가지로 비어 있는 친구 옆자리로 간다. 친구가 나를 보며 고생 많았어요, 인사한다. 나도 수고했어요, 라고 말한 뒤 모자를 벗고 그의 옆에 앉는다. 각조 조장들이 인원 점검을 끝냄과 동시에 버스는 출발한다. 일이 끝났다는 기분이 들게끔 산등성이로 노을이 지면 좋으련만 여름 태양은 아직도 위용이 대단하다.

"저, 그런데 아까 했던 그 얘기 말이에요, 그건 어디서 들은 거예요?"

버스가 마을을 빠져나갈 즈음에 친구에게 물으니 친구
는 암암리에 다 퍼져 있는 얘기라고 대답한다. 나는 그 암
암리에만 퍼진 얘기를 어떻게 친구가 알게 됐는지 궁금한
건데 친구는 그 점에 대해선 불필요한 일이라는 듯 입을 다
문다. 나도 더는 묻지 않고 의자에 머리를 기댄다. 하긴, 그
런 것을 알게 된대도 도움이 될 것은 하나도 없다.

그때 친구가 한마디 덧붙인다.

"우리가 뭘 하고 있는지 최소한 우리 자신은 알아야 하
잖아요. 우린 그렇게 작은 존재는 아니니까."

하나의 부품. 그런데 그렇게 작은 존재는 아니라…….
도대체 그건 어떤 방식으로 측정할 수 있는 거지.

18:00 먼저 샤워를 하고 나온 꼬마가 가족과 통화하고
있다. 봉사 활동을 다녀온 날이면 꼬마의 이야기는 평소보
다 배로 길어진다. 꼬마는 자기가 집 짓기에서 어떤 역할
을 맡았는지—역할이랄 것도 없이 우리 모두 벽돌공을 벗
어나지 못하는데도—시간대별로 보고하는데, 꼬마의 통
화 내용대로라면 그는 설계 도면을 읽을 줄 아는 건축가이
고 사람들을 부리는 현장 반장이고 왼손으론 시멘트를 바
르고 오른손으론 벽돌을 쌓는 숙련공이다. 그런데 꼬마가
정말이라니까, 라고 한 번도 덧붙이지 않는 걸로 보아 가

족 중 아무도 꼬마의 이야기를 의심하지 않는 모양이다. 몸에 비누칠을 하느라 샤워기를 잠깐 잠가 놓으니 문 너머 말소리가 더 크게 들려온다. 엄마의 병세로 화제가 넘어가서인지 꼬마의 목소리는 조금 울적해졌다. 4인 입원실이라든지, 치료 일정이라든지, 병원 급식 메뉴에 관한 대화가 이어진다. 꼬마와 가족은 탁구 복식 선수들처럼 쉬지 않고 대화를 나눈다.

"그래도 엄마가 점점 좋아지고 있다니 다행이야. 걱정 많이 했는데 수술하지 않고도 깨끗이 나을 수 있다니 기적 같아. 이제 열흘 후면 연수도 끝나니까 그때까지 더 건강해져야 해. 그럼, 나는 아무 문제 없이 잘하고 있지. 엄마, 아빠, 누나들이 있는 한 나는 무적함대야."

샤워기 물줄기가 얼굴을 때린다.

만약에 저렇게 서로서로 열심히 쌓아 놓은 이야기 중 진실이 아니라고 판명 나는 게 있다면—비유하건대 방금 짓다 온 빈터의 그 집들처럼—꼬마는 어떻게 될까. 저 귀여운 세계가 흔들린다면.

뭐, 그런 일이 일어날 리는 없겠지. 나는 눈에 들어간 거품을 씻어 내며 샤워를 마무리한다.

18:30 저녁을 먹기 위해 연못 다리를 건너 카페테리아로 왔다. 수심이 얕은데도 물 위를 걷는 것은 왜 언제나 긴

장이 되는지. 식당 안은 다른 날보다 확연하게 북적거린다. 평소엔 느지막이 식사를 하는 사람들도 봉사 활동을 다녀온 저녁이면 움직임이 민첩해지기 때문이다. 배식을 받은 뒤 앉을 만한 자리를 찾는데 창가 쪽 테이블에 친구와 회색 셔츠, 여자1, 여자2가 함께 앉아 있는 모습이 보인다. 마침 옆자리도 비어 있다. 그쪽 탁자로 다가가니 친구가 가장 먼저 나를 발견하고는 자기 옆 의자를 밖으로 끌어당겨 내가 앉을 수 있게 준비해 준다.

네 사람은 다음 주 월요일에 있을 본부장의 특별 강연 얘기를 하는 중이다. 본부장은 옛날 과자를 현대적인 감성으로 재포장하는 데 일가견이 있는 인물로, 회사 내에서 영향력이 대단하다는 평가다. 그런 사람이 예비 신입 사원들을 위해 바쁜 시간을 낸다는 것은 연수원에서도 무척 중요한 이벤트다. 야망이 큰 몇몇은 본부장에게서 확실한 눈도장을 받고 싶어 하는 눈치다. 그러나 나로선 벌써부터 그렇게 튀는 행동을 할 필요가 있는지 의문이다. 그렇게까지 하지 않아도 신입 사원이라는 자리는 어차피 보장되어 있는데.

여자1이 얘기한다.

"지난번 인터뷰에서 본 건데 말예요, 본부장님은 질문을 하기보다 질문 받기를 좋아한다고 해요. 문제에 대해 확실히 아는 사람만이 제대로 된 질문을 할 수 있다는 이유에서

라나? 확실히 좀 까다로운 사람 같죠?"

아파서 봉사 활동을 빠진 것치고는 목소리가 활력에 차 있다. 여자는 원래 변화가 심한 존재니 아마 신체도 그런 거겠지.

여자2가 동의하고 나선다.

"맞아. 나도 들은 적 있어. 어느 강연에서는 마음에 드는 질문이 꽤 나왔는지 회사 기밀이라도 말해 줄 것처럼 굴다가 다른 데서는 미지근한 질문만 계속 나오니까 아예 먼저 자리를 떠 버렸대. 뒷수습하느라 사회자만 진탕 고생했다던데."

여자1과 여자2가 주도한 대화는 자연스레 본부장에게 어떤 질문을 해서 그를 오래 붙잡아 둘 수 있을까, 하는 이야기로 전개된다. 둘은 본부장의 관심을 넘어 환심을 사려는 계획인가 보다. 업무와 관련된 질문은 어디서나 많이 받을 테니 과감하게 그의 사생활 쪽을 공략할 거란다. 미혼인 본부장의 사생활을 고려해, 여성을 볼 때 어떤 점을 가장 중요하게 생각하느냐는 질문을 할 거라고. 회색 셔츠가 너무 개인적인 거 아니야? 라고 반문하니 여자1은 그렇지 않아요, 라면서 그럴듯한 이론을 제기한다.

"가정 내에서 식품 선택의 결정권이 주로 여성에게 있는 거 아시죠? 게다가 아이까지 있는 집이라면 99퍼센트라고 해도 과장이 아니에요. 특히 과자는 여성과 아이가 주 고객층이니까 우리 같은 제과 회사에서는 결정권을 쥔 여성을 공략해야 하는 게 당연하잖아요. 그러면 본부장급에 있는 책임자가 현대 여성에 대해 어떠한 관점을 갖고 있느냐도 제품 출시에 미묘한 영향을 줄 수 있지 않을까요? 회사 과자 포장도 점점 화려해지고 있잖아요. 본부장이 여성들의 취향과 선호도에 무지하다면 이런 트렌드를 따라잡을 수 없겠죠. 본부장의 여성관이 어떠냐에 따라서 우리 회사의 향후 10년 마케팅이 달라질 수도 있다고요."

회색 셔츠는 듣고 보니 그럴듯하네, 라고 대꾸한다. 여자 1과 2는 기뻐하면서 자기들은 이 질문을 공유하기로 했다고 한다. 시간상으로나 확률상으로나 두 사람 모두 질문 기회를 얻지는 못할 것 같으니 둘 중 지목받은 한 사람을 전폭적으로 밀어 줄 전략이라고. 아픈 배를 움켜쥐고 있었으면서 저런 전략은 언제 짠 걸까.

여자1이 혹시 생각해 둔 질문 있어요? 라고 회색 셔츠에게 물으니 회색 셔츠는 고개를 가로저으며 그런 건 내 스타일이 아니라서, 한다.

"강연을 끝까지 들은 다음에 생각해 보는 거지. 그래도 궁금한 게 없으면 질문을 안 하면 되는 거고. 주목받기 위해서 미리 이런저런 질문을 만들어 내는 건 좀 꼴사나운 행동 아닌가?"

바로 앞에서 모욕당한 거나 다름없는데도 여자 1과 2는 별로 불쾌해하지 않는 얼굴이다. 오히려 반하기라도 한 표정으로 확실히 터프하다니까, 하면서 둘이 마주 보고 웃는다.

그때 친구가 회색 셔츠에게 말한다.

"미리 질문 몇 가지를 준비한 성의를 주목받기 위한 것으로 매도할 필요는 없을 것 같은데. 오히려 강연 준비를 열심히 해 온 본부장에 대한 예의이지 않을까요? 그만큼 관심과 열의가 있다는 거니까."

'확실히 터프한' 회색 셔츠의 성격대로라면 친구에게 바로 반박할 것도 같은데 회색 셔츠는 뜻밖에도 순순히 그러고 보니 예의 문제일 수도 있겠네, 라며 친구의 의견에 쉽게 동조한다. 룸메이트로 지내는 동안 꽤 친해진 모양이다. 여자1이 이번엔 친구를 향해 미리 준비해 둔 질문이라도 있느냐고 묻는다.

"지금 생각난 거긴 한데, 몇 년 전에 본부장이 주도적으로 진행했다가 실패한 과자 시리즈 있잖아요."

"아, 그 세트로 사 먹는 과자? 햄버거 세트처럼 패키지로 만들었다가 완전히 망했죠."

"그거에 대해 물어보면 어떨까 싶어요."

"그건 좀 위험하지 않을까요? 괜히 분위기를 망칠 수도 있는데."

여자2가 거든다.

"맞아요. 이런 데선 되도록 포지티브한 얘기를 하는 게 관례잖아요."

친구가 반박한다.

"본부장 자리까지 오른 사람이라면 최소한, 자기 실패를 똑바로 볼 수 있는 사람이지 않을까요? 이 정도 질문에도 능숙하게 대처할 줄 모르는 사람이라면, 실망하는 쪽은 우리고요. 언제나 그들만 우리에게 실망하라는 법은 없잖아요. 엄밀히 따지고 보면 그 반대 경우가 더 많을 텐데."

여자 1과 2는 단번에 친구의 의견에 설득되어 본부장이 어떻게 대응할지가 기대된다며 이런저런 얘기를 떠든다. 고기가 좀 질긴 게 아무래도 국산이 아닌 듯하다. 여러 번 씹어도 물러지지가 않는다. 그냥 이쯤에서 삼켜 버리는 수밖에.

"어때요? 뭐 생각해 둔 질문이라도 있어요?"

친구가 내 쪽을 돌아보며 묻는다. 여자 1과 2, 회색 셔츠의 시선도 차례대로 나에게로 와 멈춘다. 나는 씹을 수도 없고 삼킬 수도 없는 고깃덩어리를 입에 머금은 채 대충 얼버무린다.

"글쎄, 뭐 특별히는."

"별로 관심 없군요?"

"그런 건 아니고, 어차피 전원이 질문하게 될 것도 아닌데 굳이 먼저 나설 필요는 없잖아요."

친구가 내 말을 한 단계 깊게 소화해 설명한다.

"때로는 그냥 군중 속에 있는 게 더 편하다, 그런 뜻인 거죠?"

말하자면, 이라고 대꾸하며 고개를 끄덕이니 다들 별 말 없이 식사를 이어 나간다. 친구가 그것도 전략이라면 훌륭한 전략이죠, 라고 덧붙인다.

19:00 저녁을 먹은 뒤 방으로 돌아와 노트에 몇 가지를 적으며 쉬고 있는데 노크 소리가 들린다. 꼬마는 아직 식당에서 돌아오지 않았다. 일어나 문을 열어 보니 1조 조장 선봉대다. 이 시간에 내 방까지 찾아오기에는 전혀 의외의 인물. 무슨 일이냐고 물으니 선봉대는 조금 전에, 아마도 내가 식당에 있었을 시간에 우리 조 사수 천이 복도에서 나를 찾았다며 천을 만났느냐고 되묻는다.

"아니, 못 만났는데."

그러자 선봉대는 천이 다시 나를 찾기 전에 내가 먼저 사무실로 찾아가 보라고 한다.

"무슨 일인데?"

그 순간 단순한 전령에 불과했던 선봉대의 얼굴이 갑자기 심각하게 변하더니, 조직원이라도 된 것처럼 목소리를 깐다.

"가 보면 알 거야."

선봉대의 표정 변화가 주는 극적인 느낌에 잠깐 긴장했던 나는 몇 초도 지나지 않아 그의 의도를 간파하고 피식 웃었다. 내가 아침에 전자레인지를 두고 누군가에게 겁을 주었던 것처럼 선봉대도 나한테 똑같은 장난을 치고 있는 것이다. 나는 서두르지 않고 천천히 신을 신고 방을 나왔다. 내 느긋한 태도에 한 방 먹었는지 선봉대는 복도를 걸어가는 내 등 뒤에다 대고 그렇게 여유 부릴 때가 아닐 텐데, 라며 그 시시한 장난을 계속한다.

19:20 사수들의 사무실이 있는 본관 건물 2층으로 올라와 노크를 했는데 안에서 아무런 응답이 없다. 살며시 문을 열어 보니 사무실이 비어 있다. 아무리 저녁 식사 시간이라 해도 한 명 정도는 자리를 지키고 있을 법한데 아무도 없다니. 어떻게 해야 하나, 하고 문 앞에서 머뭇거리다가 안에서 기다리고 있으면 금방 천이 올 거라 생각하고 일단 소파에 앉았다. 사무실의 넓은 창으로 운동장과 숙소 건물, 연못 다리를 건너가는 사람의 모습까지 한눈에 들어온다.

그런데 정말 무슨 일로 나를 찾은 걸까. 우리 조 사수이긴 하지만 지금껏 천과는 개인적인 접촉 같은 것을 한 적이 한 번도 없다. 그는 자기 조원이라고 해서 특별하게 관심을 기울이거나 관리를 하는 사람이 아니다. 조를 구성한 첫날 말고는 지금까지 따로 조별 모임을 한 적도 없다. 어쩌면 자기 조원들이 누군지 확실히 모르고 있을 수도. 잘 못된 일이라고 생각하진 않는다. 1조의 강처럼 밀착형 사수가 있는가 하면 천 같은 방임형도 있는 법이고, 무엇보다 자유롭게 풀어놔 주는 게 우리로선 고마운 일이니.

19:40 자꾸 시계를 보게 된다. 사수들 사무실에 혼자 이렇게 오래 있어도 되는 건가 하는 걱정이 들 만큼 시간이 흘렀다. 아무래도 오늘은 일단 가고 내일 아침 식사 시간 같은 때 자연스럽게 물어보는 편이 좋을 것 같다. 별것 아닌 일일 텐데 너무 오래 기다리고 있는 것도 우스운 일이다. 나는 소파에서 몸을 일으켰다. 그런데 그 순간.

이게 뭐지?

소파 앞 탁자에 놓인 여러 서류와 문구들 사이에서 신입사원 연수 자료,라고 적힌 검은색 파일이 눈에 띈다. 한 번에 훑어볼 수 있을 것 같은 얇은 파일. 나는 파일을 집어 들었다. 괜히 주위를 한번 둘러보게 된다. 파일을 여니 낱장 종이를 끼우는 집게에 석 장쯤 되는 A4 용지가 끼워져 있다. 그 용지 안에는 표가 하나 만들어져 있는데, 세로축에는 1부터 25까지의 번호가 입력되어 있고 가로축에는 오늘부터 일주일간의 날짜가 적혀 있다. 그리고 각 번호와 날짜가 만나는 칸에는 ○, △, ×가 표시되어 있다. 나는 천천히 표를 읽어 내려간다. 숫자가 뒤로 향하는 내내 ○와 △가 번

같아 반복되는데 △보다는 ○가 훨씬 많다. 그러나 손으로 직접 표시해서 그런지 ○인지 △인지 언뜻 봐선 구별할 수 없는 것도 있다. 이게 어떤 뜻인지도 모르면서 막연히 △보다는 ○가 많길 바라게 된다.

그러던 중.

어? 나는 중간쯤에서 훑어 내려가던 눈길을 멈췄다.

13번 칸에만 × 표시가 되어 있다.

의아해진 나는 뒷장을 들춰 본다. 다음 장에도 역시나 똑같은 형식으로 만든 표가 있는데 여기엔 지난주 날짜가 적혀 있다. 앞 장과 비교해 크게 다른 점은 없다. ○○△○ ○△△가 이루는 열. 펜을 떼지 않고 한 번에 그릴 수 있는 암호가 번호 순서대로 채워져 있다. 그런데 그 느슨함을 파괴하며 느닷없이 튀어나오는 ×. 나는 번호를 확인한다.

또 13번.

놀랍게도 13번은 지난주 내내 단 하루도 거르지 않고 ×를 받았다. 나는 용지를 한 장 더 들춰 맨 뒷장의 표를 확인한다. 합숙이 시작된, 그러니까 우리가 이 깊고 깊은 연수원에 들어온 첫 주의 날짜다. 8월 2일~8월 8일. ○○△ ○○, ○인지 △인지 헷갈리는 ○, 확실한 ○. 13번, 13번은?

시선이 중간 번호들을 뛰어넘어―다 거추장스럽고 쓸데없다―바로 13번으로 향한다. ○. 확실한 ○. 합숙 첫날

의 13번에는 어느 쪽으로도 찌그러지지 않고 어느 편으로
도 기울지 않은 완벽한 ○가 그려져 있다. 아, 다행이다. 내
가 왜?

아니, 아니다. 희열의 스위치가 꺼지는 느낌. 다행이 아
니었다. 첫째 날의 ○는 절벽에서 떨어지는 찰나를 비상이
라고 착각한 것에 불과했다. 그 첫째 날만 제외하고는 그
뒤의 모든 날짜 칸에 × 표시가 되어 있다. 나는 용지를 뒤
에서 앞으로 천천히 넘긴다. 그리고 다시 앞에서 뒤로 조
금 더 천천히 넘긴다. 그 의식적인 작업을 통해 혹시 내가
잘못 본 것은 없는지, 착각한 것은 없는지 꼼꼼히 점검해
본다. 그러나 거듭 확인해 봐도, 13번은 연수 첫날 단 하루
말고는 오늘까지 계속 ×만 받고 있다. 대체 무슨 의미인
걸까.

단서가 될 만한 것을 찾기 위해 다른 파일들을 뒤적이
는데 밖에서 말소리가 들려온다. 나는 급하게 파일을 원래
자리에 내려놓는다. 쓸데없는 의심을 받지 않기 위해 옆에
있는 물품들로 얼른 검은색 파일을 감춘다. 그 일을 막 마
치는 순간, 문이 열리면서 천과 다른 사수들이 사무실로
들어온다. 손가락 끝에 미세하게, 죄의 감각이 남아 있다.

"여기서 뭐 하는 거야?"

나를 본 천은 전혀 뜻밖이라는 표정. 그렇다 해도 목소
리가 지나치게 퉁명스럽다. 소파에서 일어나며 1조 조장

에게서 나를 찾는다는 얘기를 들었다고 전하니 천은 까맣게 잊고 있었다는 듯 아아, 하며 고개를 끄덕인다.

"담배가 떨어졌는데 마침 네 방 앞이어서 담배 좀 빌리려고 그랬지."

나는 담배를 피우지 않는다. 그리고 연수원 내부는 전부 금연 구역으로 지정되어 있다. 천은 거짓말을 하는 걸까, 아니면 선봉대의 장난을 눈치채고 거기에 맞장구를 쳐 주는 걸까.

"그런데 다른 데서 생겨서 이제 됐어."

전부 금연인 구역에서 누가 담배를. 내가 주춤거리고 있자 천의 미간이 언짢은 듯 살짝 찌푸려진다.

"더 볼일 있어?"

나는 아니요, 고개를 저은 뒤 얼른 사무실을 나온다.

20:00 노트. 급하게 나오느라 쓰던 것을 침대 위에 그대로 펼쳐 두고 왔다는 생각이 이제야 든다. 얼른 돌아가야 한다. 늦으면 꼬마가 노트를 발견하고—어쩌면 벌써 발견했을까, 아니, 그렇게 주의력이 좋은 녀석은 아니니까—읽어 버릴지도 모른다. 자신의 통화에 대해 묘사한 부분을 발견하면 기분이 상할 수도 있다. 노트 때문이 아니더라도 어서 돌아가 쉬고 싶다. 더위에 벽돌에, 오늘은 정말로 피곤한 하루였으니. 그런데 왜 이러는 걸까.

방으로 돌아가지 못하겠다.

몸이 이상한 건지 머리가 이상한 건지, 저기 바로 앞에, 불을 밝힌 내 방 창문이, 아니, 103호실이 보이는데 돌아갈 수가 없다. 불구자가 된 기분. 생각해 봐야 한다. 일단, 내가 지금 어디 서 있는 거지. 그런데 여기가 어딘지 도무지 알 수가 없다. 본관 앞이긴 하다. 분명히 본관 앞이다. 그런데 내 발이 딛고 있는 이곳이 어딘지는 알 수가 없다. 갑자기 속이 더부룩해진다. 배 속에 있던 뭔가가 거꾸로 치솟는 것 같다. 나는 얼른 입을 틀어막는다. 그러나 물컹한 뭔가가 방어막을 뚫고 튀어나온다. 땅에 떨어진 고깃덩어리. 나는 아무도 죽인 적이 없는데 어째서 이런 게 내 몸 안에. 나는 작은 잡목이 우거진 곳으로 뛰어가 몸을 숨기고 앉아 남은 사체도 다 토해 낸다. 눈물이 난다.

21:30 여전히 잡목 더미 속에 앉아 있다. 하늘에 별이 많다. 자연 상태에서 이렇게 별이 많을 수가 있을까. 이렇게 많은 별이 인간의 눈에 보일 수가 있을까. 이상하다. 이곳의 모든 게 이상하다. 지금까지 무언가를 단단히 오해하고 있었던 것 같다. 아니, 단순히 오해라고 치부해선 안 된다. 그 단어의 단순함은 헐떡이는 내 이 숨을 다 설명해 주지 못한다. 오해가 아니다. 단순한 오해가 아니다.

배신.

그래, 배신을 당한 기분이다. 아니, 배신을 당했다.

누가 날 배신한 걸까. 잡목들의 뾰족한 이파리에 목덜미가 찔린 채로 나는 하나하나 의심해 본다. 정체 모를 고기로 요리를 한 조리사들. 눈앞에 빤히 보이는데도 걸어갈 수 없는 저 길. 내가 아직 들어가지 않았는데도 하나둘 불을 끈 숙소의 창들. 너무 많은 별들.

아니, 모두 아니다. 저들이 날 배신한 게 아니다. 더 가까운 곳, 더 뜨겁고 더 끈적이는 곳을 봐야 한다. 아직도 거칠게 숨을 들썩이고, 하얗게 마른 눈물 자국을 닦지도 않고, 몸이 다 숨겨지지도 않는 조그만 나무들 사이에 혼자 나뒹굴고 있는, 이것. 나. 내가 배신한 거다. 내가 이곳의 모든 것을 배신했다. 내 공간으로 배정된 방과 넓은 운동장, 규칙이 있는 식사 시간, 늘 우리를 지켜보는 사수들, 산등성이 너머에 바다가 있다는 평화로운 풍경을 배신했다. 무엇보다도 마흔일곱 번의 면접을 본 나 자신을 배신했다.

그러니까 지금 이 눈물은 내가 받아야 할 대가인 거겠지.

깨달음 다음엔 웃음. 나는 몸을 들썩이며, 이파리들이 찌르면 찔리는 채로 웃는다. 왜 나는 이 최종 관문에서 모두가 당연히 통과될 거라고 생각한 걸까. 왜 벌써 결승선을 통과한 선수처럼 으스댄 걸까. 그런 거라면 애초에 이 합숙이 존재할 필요 자체가 없는 건데. 머저리. 왜 머저리같이 아무 의심도 하지 않은 걸까. 왜 어느 순간 나를 풀어 놓아 버린 걸까. 멍청한 눈빛으로 왜 나무니, 그늘이니, 보이지 않는 바다니 하는 창밖 풍경 따위에나 신경 쓰고 있었던 걸까. 지난 몇 년 동안 한 번도 그런 인간이었던 적이 없으면서 왜 마지막 관문인 이곳에 들어와서 그런 백치 낙관론자가 되어 버린 걸까. 어느 모로 보나 확실하지 않다. 여기는 낙오자를 가르기 위한 시험장. 내 가슴을 찌르는 건, 언제든 떼어 갈 수 있도록 느슨하게 꽂혀 있는 명찰의 핀. 하하하하.

사수들은 단순한 조력자가 아니다. 그들은 언제 어디서든 우리를 평가하기 위해 이곳에 존재하는 것이다. 면접장 책상에 앉아 있던 면접관들이 잠시 다른 얼굴을 하고, 조금 늘어진 옷을, 작업복 조끼와 추리닝을 빌려 입은 것뿐이다. 그것뿐이다. 그런데. 나는 천천히 잡목 사이에서 몸을 일으켜 바로 앉는다.

그런데 한 가지 이상한 점이 있다. 우리 3반은 정원이 모두 26명인데 파일에는 25번까지의 번호만 있었다는 사실. 분명히 확인했다. 한 명이 빠져 있었다. 이렇다면 완벽한 대칭이 아니다. 부족한 숫자 하나가 평가 파일의 정체에 혼란을 준다. 완전하지 않은 상태로는 아무것도 확신할 수가 없다. 나는 지금까지의 추론을 모두 포기한 채 다시 뒤로 나자빠지려고 한다. 그런데 순간. 아! 별빛을 찌르는 인식의 칼날.

아니다. 그렇지 않다. 그게 무얼 의미하는지 알 것 같다. 부족한 하나의 숫자는 오히려 평가 파일의 실체를 더욱 분명하게 해 주는 열쇠였던 셈이다. 빠진 숫자는 바로, 사수들이 평가할 수 없는 어떤 존재를 뜻하는 것이다. 고위 간부의 조카로 알려진 2조의 황태자. 감히 황태자를 ○△×로 만든 줄에 세울 수는 없었던 것이다.

22:00 다시 하늘을 올려다본다. 밤을 새워도 다 세지 못할 별을 쓸데없이 센다. 하나하나마다 다 번호를 붙인다. 번호가 더 무한할까, 별이 더 무한할까. 그런데. 드디어 막바지 질문에 다다랐다.

그렇다면 13번은 우리 중 누구인 걸까.

얼마나 형편없는 사람인 걸까. 얼마나 보잘것없는 사람이기에 이곳에서 ×로, 존재 자체를 부정당하고 있는 걸까. 그건 차라리 존재하는 것보다 존재하지 않는 편이 더 낫다는 뜻 아닌가. 자기도 모르는 새 도대체 무슨 일을 저질러 버린 걸까. 불쌍한 녀석. 한심한 녀석. 병신. 머저리.

22:15 "어디 갔다 온 거예요? 하마터면 경찰에 신고할 뻔했다구요. 연수원 실종 사건. 두둥."

방에 들어오니 침대 위에 누워 있던 꼬마가 웃기지도 않은 농담을 하며 내 쪽으로 고개를 돌린다. 나는 그냥, 하고 대충 대꾸한 뒤 꼬마를 지나친다. 꼬마가 내 머리를 가리키며 키득거린다.

"혼자 숲에 가서 수색전이라도 하고 온 거예요?"

손으로 머리카락을 더듬으니 나뭇잎 몇 장이 떨어진다. 군대도 가지 않은 녀석이 어떻게 수색전은 아는 걸까. 샤워를 해야 할 것 같아서 속옷을 챙겨 욕실로 들어가는데 꼬마가 다시 의아하다는 듯 묻는다.

"또 샤워하려고요? 아까 했잖아요."

그 말을 듣고 나니 봉사 활동을 다녀온 뒤 샤워를 했다는 생각이 난다. 그건 그렇고, 꼬마 이 녀석은 왜 내 일거수일투족을 이렇게 감시하는 걸까. 평소에도 나 몰래 나를 관찰하고 있었나. 나는 여름밤에 샤워를 한 번 더 하는 게 뭐 그리 대수로운 일이냐는 식으로 꼬마에게 얘기한다.

"방에만 있지 말고 한번 나가 봐, 밖이 여기랑 얼마나 다른지 상상도 못 할걸."

22:20 샤워기를 틀어 놓은 채 욕조 턱에 한참을 앉아 있다가 물만 대충 끼얹은 뒤 다시 옷을 입고 나왔다. 고새 꼬마는 벌써 자기 쪽 스탠드를 꺼 놓고 잠들어 있다. 내 구역 쪽의 불빛이 꼬마의 얼굴을 어스레하게 비춘다. 조그맣고 하얀 얼굴에 세상에서 무슨 일이 벌어지고 있는지 모르는 순진한 평화가 깃들어 있다. 꼬마의 행복은 아마 이렇게

아무것도 모르는 데에 있을 테지. 만약 이 어린아이 같은 얼굴이 무언가를 알게 된다면 어떻게 되는 걸까. 평가 파일을 발견한 사람이 내가 아니라 꼬마였다면. 쓴웃음이 나온다. 그래 봤자 아무 일도 일어나지 않았을 것이다. 꼬마 녀석은 그것이 무엇을 의미하는지도 모르고 무심히 지나쳐 버렸을 테니. 나중에 사수들이 우리의 조언자가 아니라 우리의 일거수일투족을 세 가지 기호로 감시하는 평가자였던 것으로 밝혀진대도 꼬마는 그 둘의 차이점을 전혀 인지하지 못하겠지. 훗날 병역 비리를 저지른 사실이 발각된다 해도 꼬마는 부모님과 누나들이 시키는 대로만 했을 뿐자기는 아무것도 모른다고 홍조 띤 얼굴로 변명할 테고. 참 쉬운 인생. 간편한 삶이다.

방 중간쯤에서 꼬마의 얼굴을 내려다보고 있던 나는 불을 끄고 내 침대로 와 눕는다. 잠이 올 리 없다. 눈을 감을 수 있을 리 없다. 밤이 어떻게 새벽이 되는지를, 어떻게 나를 속이는지를 똑똑히 지켜봐야 한다.

합숙 종료 D-9 목요일

05:00 커튼으로 스며들어 오는 빛이 모든 것의 발아래에 또 다른 모든 것을 만들어 내고 있다. 아무 도구도, 아무 소리도 없이 바닥에 조용한 세계가 창조된다. 밟는 게 죄송스러울 정도로 거룩한 세계. 검은 옷의 분신이 발밑에서

나를 올려다보고 있다. 매일 아침 빛과 함께 새롭게 태어나는 부지런한 녀석. 내가 움직이기 전까지는 섣불리 움직이지 않는 신중한 녀석. 지그시 응시할 줄 아는 녀석. 그동안 나는, 이 말 없는 녀석만도 못했다. 욕실로 들어가 찬물로 얼굴을 구석구석 씻는다. 거울 속의 얼굴은 별로 마음에 들지 않는다.

꼬마가 깨지 않도록 조용히 옷장 문을 열고, 조용히 옷을 갈아입고, 조용히 운동화를 신고, 조용히 방을 나온다. 꼬마 같은 아이는 아직 일어날 시각이 아니다.

5:20 이곳에 서서 바라보니 운동장을 둘러싼 창문이 수십 개다. 평범함으로 위장한 유리창의 진실을 깨닫고 나서인지 시선이 자꾸만 창문으로 향한다. 그러나 의식해서는 안 된다. 정면으로 눈을 마주쳐서는 안 된다. 일부러 귀여움을 받으려고 애써서는 안 된다. 태초부터 하느님은 가장 자연스러운 모습의 인간을 사랑하시는 법.

저쪽에서 대장과 제자들이 무림의 일가처럼 줄지어 걸어오고 있다. 우리 조원은 한 명도 없고 모두 다른 반, 다른 조의 낯선 얼굴들뿐이다. 그들 중 한 명이 나를 발견하고 어쩐 일이에요? 라고 묻는다. 벌써부터 나를 적대시하고 있다.

"사실 나와야겠다는 마음은 처음부터 있었어요. 아침 체조 구령 소리가 들리면 바로 잠이 깨서 늘 창문으로 지켜보고 있었거든요. 아, 그렇다고 제가 그들이랑 동급이라는 건 아니니까 걱정 마요. 똑같이 창 앞에 서 있다고 해서 저한테 그런 권능이 있겠어요? 제 말은 단순한 구경꾼이었다는 뜻이에요. 뭐, 구경꾼도 나쁜 것만은 아니에요. 자기가 구경꾼이라는 걸 모른 채로 평생 살 수 있다면. 하지만 자기가 구경꾼이었음을 자각하는 순간엔 밖으로 뛰어나와야죠. 날씨가 좋네요."

내 사정을 충분히 듣고도 사람들은 의심쩍어하는 표정을 거두지 않는다. 일부러 내 말을 못 알아들은 척 고개를 갸웃거리며 자기들끼리 귓속말을 주고받는다. 합숙 막바지가 돼서야 아침 체조에 나온 내 존재가 비위에 거슬렸나 보다. 어딜 가나 이런 부류는 있기 마련이다. 뛰어오는 사람을 앞에 두고 엘리베이터 문을 급하게 닫아 버리는 인간들, 버스에서 슬그머니 자기 가방을 옆 좌석 빈자리에 올려 두는 인간들, 가게에 들어오는 손님 한 명 한 명을 원수처럼 노려보는 인간들. 방심하고 있는 사이 아침 체조도 그런 인간들의 특권이 되어 버렸다. 그러나 엄밀히 따지고 보면 나 역시 그 특권 티켓을 발급받은 사람 중 하나다. 잘못이 있다면 지금까지 그것이 발급된 사실을 몰랐다는 것뿐.

"오늘부터 시작해도 늦은 건 아니죠?"

주눅 들지 않고 당당하게 물으니 누가 그럼요, 언제든

환영이에요, 라고 대답한다. 주위의 몇몇도 늦고 말고가 어디 있어요, 자기가 하고 싶으면 하는 거지, 하며 힘을 실어 준다. 모두가 나에게 적대적이기만 한 건 아니라 다행이다.

05:30 시간이 되자 대장은 바로 체조를 시작한다. 평소보다 무척 적은 인원이다. 내가 방에서 창문으로 지켜봤을 때는 지금보다 3분의 1은 더 많았다.

"오늘은 왜 이렇게 인원이 적어요?"

방금 전 나에게 우호적이었던 사람에게 물으니 봉사 활동을 다녀온 이튿날이면 다들 피곤해서 많이 빠진다고 알려 준다.

"강제도 아닌데 억지로 나올 필욘 없잖아요."

그 순간 대장이 자세 바꿔서, 라고 외친다.

양팔 벌려 뛰기를 하려고 두 다리와 팔을 뻗은 순간, 정체를 알 수 없는 아주 편안한 피가 전신을 휩싼다. 어긋나 있던 모든 것이 제자리에 끼워 맞춰졌을 때의 안정감 같은. 잘못 들어섰던 길에서 우연히 목적지로 향하는 옳은 길을 만났을 때의 행운과 같은. 숨은 가빠 오지만 마음은 평온하다. 새벽부터 잠이 깨 참새니 세일즈 킹이니 하는 것을 생각하던 때와는 비교가 되지 않는 평화다. 내가 있어야 할 곳은 바로 여기였다. 양팔 벌려 뛰기를 마치자마자 대장은 조금도 쉴 틈을 주지 않고 팔 굽혀 펴기 20회라고 외친다. 나는 지체 없이 잔디 위로 바짝 엎드린다.

이 자세가 좋다. 지시가 내려지고 그것을 해내는 방식이 좋다. 이마에서 땅으로 떨어지는 땀방울이 좋다. 목에서 신음 소리가 나는 게 좋다. 20회를 마치지 못하고 여기저기서 먼저 쓰러지는 사람들이 좋다. 아침 체조에 불참한 멤버들이 많다는 게 정말 좋다.

06:40 운동을 마치고 방으로 들어왔는데 꼬마는 아직도 꿈나라 속에 있다. 봉사 활동을 다녀온 이튿날에는 공식적인 오전 일정이 없어 평소보다 더 늦게까지 잔다. 나도 어제까진 그랬으니 마냥 한심스레 볼 수만도 없는 일. 잘 자고 있는 꼬마를 굳이 깨울 이유가 없어 나는 땀으로 젖은 운동복을 벗은 뒤 욕실로 직행한다. 꼬마는 가능한 한 오랫동안 잠을 자는 게 좋다. 거기가 그의 세상이니까.

07:00 샤워를 하고 밖으로 나오니 꼬마가 왜 이렇게 일찍 일어나 씻느냐고 투정 부리듯 말한다. 내가 아침 체조에 다녀오는 길이라고 하자 꼬마는 마치 내가 사냥이라도 다녀왔다는 것처럼 황당한 표정을 짓는다.

"오늘 같은 날에 대체 왜요?"

나는 스킨로션을 바르기 위해 거울 앞에 선다. 아까보다는 마음에 드는 얼굴이 거울 속에서 나를 바라본다.

"오늘 같은 날이니까."

꼬마는 에? 하며 전혀 모르겠다는 표정. 꼬마에게는 작은 것이라도 일일이 설명을 해 줘야 한다.

"오늘 같은 날이니까 평소보다 더 일찍 일어나서 뭔가 해야지. 다 늦잠을 자는 날이니까."

꼬마는 무슨 말인지 모르겠네, 중얼거리며 다시 침대 위로 쓰러진다. 꼬마는 모르는 게 당연하다. 아이까지 전쟁에 뛰어들면 3차 대전이 일어날 테니. 나는 더 자겠다는 꼬마를 내버려 두고 아침을 먹기 위해 식당으로 올라간다.

07:20 식당이 다른 날보다 유난히 한산하다. 그래도 1조만큼은 오늘도 역시 일찍 일어나 아침을 만들고 있다. 나는 늘 그러듯 햄과 치즈를 넣은 간단한 토스트를 만들어 우유 한 컵과 함께 늘 앉는 창가 쪽 식탁으로 간다. 내가 땀을 흘렸던 운동장이 내려다보인다. 오늘은 친구도 식당에 늦게 올라올 모양인가 보다. 친구처럼 분별력 있는 사람도 이곳의 실체는 전혀 깨닫지 못하고 있다니.

역시 말해 줘야 할까.

07:50 식사를 끝내 가는데 저만치에서 걸어오는 1조 사수 강이 보인다. 강은 식당 이곳저곳에 흩어져 있는 몇몇

과 일일이 눈인사를 한 뒤에 혼자 식사하고 있는 나에게도 잠깐 들러 부지런하네, 말하고는 1조 식탁 쪽으로 간다. 사수들 중에서 가장 사수다운 사람. 저런 바른 평가자 덕분에 회사와 사회가 유지될 수 있는 거겠지.

08:15 옥상으로 올라온 나는 송이가 출근할 시각까지 기다린다.

08:30 비서직의 영향 탓인지 송이 목소리가 오묘하게 세련돼진 것 같다. 그리고 그 오묘해진 만큼 어딘가 낯설다. 꼭 다른 여자와 통화하는 것 같다.

"거기는 여전히 좋고?"

그동안 나는 이곳 풍경 사진을 가끔 송이의 휴대전화로 전송해 주었다. 방에서 바라보는 숲이나 어린아이가 칠해 놓은 것 같은 파란 하늘, 뒤에 바다가 숨겨져 있다는 산등성이까지. 그때마다 송이는 나 혼자 여름휴가를 떠난 것 같다며 자기가 있는 곳은 온통 후텁지근한 공기에, 싫은 사람들에, 무너지길 바라는 빌딩들뿐이라고 투정 부리곤했다. 알고 보면 내가 있는 곳도 별로 다를 게 없는데.

"좋긴. 여기도 엄밀히 말하면 회사의 연장인데, 살벌하지."

"무슨 일 있어? 하루 사이에 굉장히 비관적이 된 것 같은데?"

그동안 내가 그렇게까지 이곳에 대해 낙관했던가.

"그렇게 들렸어? 글쎄. 주위는 온통 숲으로 둘러싸여 있는데 새는 한 마리도 없는 곳이어서 그런가."

송이는 내 말을 이해하지 못한 건지, 아니면 다른 일을 하다 제대로 못 들은 건지, 응? 뭐라고 했어? 라고 되묻는다.

"난 네가 생각하는 그런 곳에 있는 게 아니라고 했어."

송이는 무슨 뜻이야? 라고 또 묻는다. 은행 이사의 하루 스케줄이나 챙겨 주는 비서 일을 하다 보니 조금 멍청해진 걸까? 누구보다 예리하고 감각적이었던 송이가 내 말뜻을 헤매는 게 이해가 되지 않는다.

"내가 알고 있던 곳, 내가 너한테 말해서 네가 알고 있던 곳과 여긴 완전히 다른 곳이야. 우리가 얘기하던 그런 곳은 애초에 존재하질 않았어."

내가 최선을 다해 풀어낸 설명에 송이는 그래? 대수롭지 않게 대꾸하더니 곧바로 이번 주말에 열린다는 어느 외국 설치 작가의 전시회로 화제를 바꾼다. 송이는 그 전시회에서 작은 크기의 작품 하나를 사도록 이사의 승인을 받았다며 들뜬 목소리로 자랑한다.

"사실 지난번에 내가 고른 그림이 은행 브이아이피 고객들에게 꽤 좋은 반응을 얻었거든. 내가 안목이 좋대. 이쪽 사람들한테선 뭐랄까, 자기들이 가진 재력으로 새로운 화

풍을 이끌 수 있다는 자신감이 느껴져서 좋아. 따지고 보면 지금까지의 예술도 이런 부자들의 후원으로 성장한 거 잖아? 그걸 부끄러워할 이유는 없는데. 안 그래?"

송이의 이야기에 적절히 대꾸해 주면서 옥상을 한 바퀴 도는데, 순간, 숙소 뒤뜰로 나오는 사수 천과 안경잡이가 보였다. 둘은 뭔가 긴한 얘기라도 나누는 것처럼 바짝 붙어 서 있다. 저 정도로 가깝게 얘기를 나눌 만한 중요한 일이 뭘까. 나는 얼른 벽 뒤로 몸을 숨긴다.

"듣고 있어?"

내가 그 둘에게 시선을 빼앗겨 아무 대답도 안 하자 송이가 전화기를 톡톡 친다.

"쉿!"

나는 송이의 말을 막으며 둘의 모습을 주시한다. 갑자기 천이 안경잡이의 안경을 빼앗는다. 안경잡이가 왜 그래요, 하고 달려들자 천은 장난스럽게 이것 좀 벗어 버리라니까, 입사해서도 이런 거 쓰고 다니면 너 결혼 못 해, 하며 안경잡이의 목을 끌어안는다. 안경잡이는 천의 품 안에서 과장되게 팔다리를 허우적거린다.

"왜 그러는데?"

천이 안경잡이에게 안경을 돌려주는 것으로 둘은 장난을 끝내고 다시 숙소로 들어간다.

"왜 그러냐니까. 무슨 일 있어?"

나는 한참을 말없이 있다가 겨우 입을 뗀다.

"굉장히 중요한 순간이 있었어. 그런데 모르고 거길 그냥 지나쳐 버린 것 같아."

송이가 그게 뭔데? 하고 묻는다.

모르겠다. 내가 어느 지점을 지나친 걸까. 무엇을 간과하고 있었던 걸까.

09:10 정신을 차려 보니 송이의 목소리는 더 이상 들리지 않고 뚜뚜뚜 하는 전자음만 귓가에서 울린다. 어디서 오는 호출일까. 어떤 종류의 신호일까. 무엇을 하라는 경고음일까. 휘청이는 다리가 무릎을 꿇려 주저앉게 만든다. 명령어로만 작용하는 태양이 눈을 감고 이마를 바닥에 붙이게 만든다. 어디서도 이렇게 기도해 본 적은 없다. 무엇을, 어디서부터 잘못한 걸까. 맨 처음이 어디였을까.

연수 첫날, 사수들이 각 조에서 조장이 한 명씩 나와 물품을 가져가라고 한 적이 있었다. 그때만 해도 우리 조에는 아직 조장이 없었는데 맨 앞쪽에 앉아 있던 안경잡이가 갑자기 자리에서 일어나더니 물품을 들고 와 우리에게 나눠 주었다. 그때부터 안경잡이는 우리 조 조장이 되었다. 일어나서 물품을 전해 준 것, 단지 그것뿐이었다.

그리고 그게 전부였다. 단순하지만 계산적인 그 행위 하나로 안경잡이는 마땅히 치러야 할 어떤 합리적인 절차도 거치지 않은 채 그 자리에 오른 것이다.

얼마나 치밀하고 얼마나 영악한지. 그에 반해 나머지 사람들, 아니, 나는 얼마나 어리석은지. 왜 아무것도 아닌 안경잡이가 그런 특권을 홀로 차지하도록 방치한 걸까. 왜 그 순간부터 안경잡이가 우리보다 한 칸 높은 단상 위에 올라섰다는 것을 조금도 눈치채지 못하고 있었던 걸까.

10:00 나는 천천히 고개를 든다. 화살처럼 밀려드는 햇빛. 습격을 당한 것 같은 통증이 인다. 눈동자가 빛을 피해 달아나 버린다. 눈이 빛에 익숙해질 때까지 조금 더 기다리기로 한다.

10:30 천천히 눈을 떠 다시 빛을 마주한다. 조금 전과는 전혀 다른 기분이다. 무엇을 어떻게 하라는 말씀을 어렴풋이 들은 것 같다. 나는 쥐가 난 두 다리를 절뚝이며 옥상 계단을 내려간다. 애초에 자격도 없는 한 사람에게 이렇게 큰 권력을 몰아줘서는 안 됐다. 그리고 그걸 깨달은 이상, 이 불합리함을 이대로 방치해 두어선 안 된다. 거기부터다. 거기서부터 잘못된 점을 하나하나, 고쳐 나가야 한다.

10:45 떠버리의 방 앞이다. 같은 조원이지만 나보다 어리다는 것 말고는 떠버리에 대해 아는 것이 하나도 없다.

늘 무슨 말인가를 하고 있는 것 같긴 한데 기억에 남은 것도 없다. 일단 노크를 한다. 이 일을 자연스럽게 해내려면 누군가의 힘을 빌려야 한다. 우리 조에서 떠버리보다 그 역할에 적격인 사람은 없다.

이제야 일어났는지 떠버리는 세수도 안 한 마른 얼굴로 양치질을 하고 있다. 문을 열어 주면서 치약 거품을 가득 문 부정확한 발음으로 어쩐 일이에요? 묻는다. 이때껏 한 번도 떠버리의 방을 찾지 않은 내가 지나가는 길에 한번 들러 봤다는 건, 아무래도 어색한 일이다. 그리 민감한 녀석은 아닌 것 같지만 그 정도는 알아챌지도 모른다.

"아까 사수가 찾는 것 같던데 만났어?"

떠버리는 욕실에 가서 치약 거품을 한 번 뱉고 오더니 저를 왜요? 라고 묻는다.

"잘은 모르지만 담배가 떨어져서 좀 빌리려고 했나 봐."

떠버리는 전 담배 안 피우는데요, 라고 말한 뒤 게다가 여긴 다 금연 구역이잖아요, 라고 덧붙인다. 나는 그렇지? 라고 대꾸하며 자연스레 신발을 벗고 방으로 들어간다.

"룸메이트는 안 보이네. 어디 갔어?"

떠버리는 단순 명료하게 1조잖아요, 라고 대꾸한다. 그 한 마디로 모든 게 설명된다. 아침 식사가 늦어지는 만큼 계속 식당에 남아 뒷정리를 하고 있거나 아니면 사수 강과 함께 또 1조만의 특별 모임을 하고 있거나.

룸메이트가 있으면 떠버리를 어디 한적한 곳으로 따로 불러내야 할지도 모른다고 생각했기 때문에 무척이나 도움이 되는 상황이다. 인간은 누구나 낯선 숲속보다는 자기 페로몬이 묻은 방에서 덜 방어적이 된다. 홈그라운드. 게다가 이렇게 문까지 닫는다면. 쓸데없는 경계는 하지 않을 거다.

떠버리는 나를 책상 의자에 앉게 한 뒤 자기는 침대에 걸터앉는다. 그러더니 피곤한 듯 어깨를 앞뒤로 돌리며 어제 일하면서 너무 오랫동안 고개를 숙이고 있는 바람에 목 디스크가 생긴 것 같다고 한다. 나도 모르게 침이 꿀꺽 넘어간다. 얘기를 어떻게 시작해야 할지 궁리 중이었는데 이렇게나 자연스럽게 매듭을 풀어 주다니. 역시 내 직감대로 떠버리는 이 역할에 가장 적합한 인간이었다.

"봉사 활동 얘기가 나와서 말인데, 우리 조장, 좀 걱정되지 않아?"

떠버리는 뭐가요? 라고 묻는다. 무슨 뜻인지 전혀 모르겠다는 순진한 얼굴. 꼬마가 잘 짓는 표정이다. 그러고 보니 꼬마랑 좀 닮은 것 같기도 하다. 나는 안경잡이가 우리를 위해 무상으로 봉사하고 있다는 점을 상기시킨다.

"생각해 보면 조장이라는 타이틀이 그렇잖아. 무슨 혜택이 있는 것도 아닌데 조장이라는 이유로 늘 우리보다 먼저 준비를 해야 하고. 봉사 활동 때도 신경 써야 할 게 어디 한

두 가진가? 인원 점검에, 아이스박스도 운반하고, 몰라서 그렇지 벽돌도 우리보다 훨씬 더 많이 쌓고 있을걸."

떠버리는 여전히 아무것도 모르겠다는 얼굴이다. 둔감한 녀석. 여기서 한 발짝 더 내디뎌도 될까.

"그러니까 내 말은, 신경 쓰지 않아도 되고 하지 않아도 될 일을 조장 혼자서 너무 많이 하고 있다는 거야. 게다가 우리는 그 노력에 너무 무심하고. 지금까지 혼자 꽤나 힘들었을 것 같다는 생각 안 들어?"

떠버리는 이제야 조금 진지해진 얼굴이다.

"뭐 들은 말이라도 있어요? 조장 하는 게 싫다고 그래요?"

여기서 고개를 끄덕인다면 모든 것이 훨씬 쉬워지고 확실해질 테지만, 그러나 나는 발밑의 신중한 친구처럼 조심할 필요가 있다. 되도록 내가 다녀간 흔적을 남기지 않는게 좋다.

"그런 말을 어떻게 자기 입으로 하겠어. 그래도 주위 사람들은 암묵적으로 느낄 수 있잖아. 어제도 보니까 유독 피곤해 보이고 말수도 없던 것 같던데. 안 그래?"

떠버리는 갑자기 심각해진 얼굴이 되어 그랬죠, 하며 고개를 끄덕인 뒤 묻는다.

"그래서, 뭐, 이제 와서 조장을 다시 뽑기라도 해야 하는 거예요?"

떠버리는 나의 입이다.

"아, 정말! 그런 방법이 있구나. 난 왜 그 생각을 못 했지? 역시 조장이랑 가장 친하게 지내더니 해결책도 바로바로 만들어 내네."

떠버리가 우쭐댄다.

"아니, 뭐 그렇게 대단한 것도 아닌데. 조장 일을 힘들어하니까, 그러면 조장을 새로 뽑으면 되겠다고 단순하게 생각한 것뿐이에요."

"원래 단순한 생각이 제일 어려운 생각이잖아. 난 거기까지는 전혀 생각을 못 했거든."

떠버리 입이 더 우쭐댄다.

"별것도 아닌 일 가지고. 근데 옛날부터 제가 문제 해결 능력이 있다는 말을 자주 듣긴 했어요."

"그렇지? 역시 나만 그렇게 느낀 게 아니네. 그럼 오늘 교육이 끝난 다음에 조원들끼리 한번 모여서 얘기를 해 볼까? 아, 그렇다고 조장한테 미리 말하지는 말고. 너무 가볍게 물어보면 당연히 그쪽에서도 진지하게 나올 수 없을 거 아냐. 무슨 말인지 알지?"

떠버리는 맡겨 줘요, 하더니 주먹으로 자기 가슴을 두 번 친다.

11:10 꼬마는 아직도 씻지 않은 채 침대에 누워 통화를

하고 있다. 내가 새벽부터 운동장으로, 식당으로, 옥상으로, 떠버리 방으로 종횡무진 다니는 동안 꼬마는 오로지 저 좁은 침대 위에서 뒹굴고 있었다. 점심시간이 될 때까지 조금 쉬는 게 좋을 것 같아서 나도 침대에 눕는다.

"그래. 나이아가라, 나이아가라 폭포. 엄마가 퇴원하고 나면 엄마를 모시고 제일 먼저 나이아가라 폭포를 보러 가는 거야."

누나 쪽에서 웬 나이아가라 폭포? 라고 물었는지 꼬마는 여러 가지 병을 앓는 환자들이 나이아가라 폭포를 보고 온 뒤 놀라울 정도로 빠른 회복력을 보였다는 얘기를 어느 책에서 읽었다고 설명한다. 누나가 우리나라에도 폭포는 많아, 라고 했는지 꼬마는 어린아이처럼 흥분해서 그냥 폭포가 아니라 꼭 나이아가라 폭포여야 한다니깐, 이라고 목소리를 높인다.

"나이아가라 폭포 위에 뜨는 무지개를 보는 사람들 모두 가장 행복했던 때로 돌아가게 된대."

나는 잠을 자기 위해 가만히 눈을 감는다.

폭포.

무지개.

행복.

회귀.

한심하긴.

어떤 회사가 이제 갓 입사한 신입 사원에게 나이아가라 폭포에 갈 만한 긴 휴가를 준단 말인가.

12:30 대부분 아침을 걸러서인지 카페테리아에는 이른 점심을 먹으러 온 사람이 부쩍 많다. 오늘은 양식이다. 돈가스와 수프, 감자튀김, 방울토마토를 곁들인 채소 샐러드. 나는 배식을 받아 와 앉을 만한 곳을 둘러본다. 창가 쪽 테이블에서 친구와 회색 셔츠가, 가운데 테이블에서는 여자 1과 2, 그리고 떠버리가 함께 식사하고 있는 게 보인다. 안경잡이는 어디 간 걸까. 딴엔 조장이라고 사수와 함께 나중에 먹을 생각인가. 나를 발견한 친구가 손을 든다. 나는 그 모습을 곁눈질로 확인했지만 못 본 척 테이블을 돌아 떠버리가 있는 곳으로 간다. 지금은 한가하게 친구와 에너지 발전소 이야기나 하고 있을 때가 아니다. 나는 떠버리의 옆자리로 가 앉는다.

바람대로 떠버리는 여자 1, 2에게 조장 이야기를 하는 중이었다. 내가 자리에 앉자 떠버리는 바로 나를 돌아보며 형도 조장이 힘들어하는 거 느꼈다고 했죠? 라고 묻는다. 입만 산 녀석. 나는 포크를 들며 대수롭지 않다는 듯, 다들 그렇게 느끼는 것 아니었어? 하며 말끝을 흐린다.

"그런데 조장이 그렇게 할 일이 많나? 내가 보기엔 그렇게 힘들어 보이지 않던데."

여자 1과 2가 동시에 의문을 나타낸다. 나는 포크 날을 이용해 방울토마토를 반으로 으깬다. 단단한 조직. 그 붉은 피가 내 얼굴로 튀지 않게 살짝만 건드린다.

"그거야 우린 알 수가 없죠, 우린 조장이 아니니까."

여자 1, 2는 무척이나 단조로운 얼굴로 그건 그렇죠, 라고 대답하며 자신들의 단순한 발언을 철회한다. 여자1이 덧붙인다.

"하긴, 어쩌다 사수가 한 번씩 부르는 것만으로도 스트레스 받겠네요."

그 말을 들은 떠버리가 그러고 보니 사수가 부를 때마다 조장이 조금 성가셔하는 표정을 짓기도 했던 것 같다,며 거들고 나선다. 느리긴 하지만 이 4인용 테이블이 내가 바라는 쪽으로 깔끔하게 정리되고 있다는 예감이 든다.

여자 1과 2가 역시나 경솔한 말투로 쐐기를 박는다.

"그럼 조장을 바꾸면 되잖아요."

"맞아요. 그럼 간단히 해결되는 건데."

둘은 그러면서도 한 가지 단서를 단다.

"단, 우리 둘은 조장 같은 건 절대 하지 않을 거니까 그렇게 알아요."

"맞아요. 우리는 빼 줘야 해요."

나는 그 순간을 놓치지 않는다.

"그것 봐요, 그게 바로 조장이 힘들다는 증거잖아요."

여자 1, 2는 서로 얼굴을 마주 보더니 그러고 보니 그러네, 라며 웃는다. 그 순간 안경잡이가 카페테리아로 들어오는 모습이 보인다. 천은 없다. 같이 식사하는 건 아닌 모양이다. 나는 재빨리, 그러나 다급해 보이지는 않게 조장이 오는 것을 알리면서 이 얘기는 교육이 끝난 뒤 모두 모인 자리에서 다시 하는 것이 좋겠다고 했다. 회색 셔츠가 자기 혼자만 나중에 알았다는 것을 알면 기분이 나쁠 수도 있을 테니까. 여자 1, 2가 그런 걸로 기분 나빠할 쪼잔한 남자가 아니에요, 라며 반론을 제기하지만 그런 대꾸 정도는 자연스럽게 묵살해 버린다. 안경잡이가 음식을 들고 우리가 앉은 테이블로 오고 있다.

"어쩐 일이에요, 다들 모여서 점심을 먹고. 이러니까 우리 조도 1조 못지않네."

세 사람이 안경잡이의 홀쭉한 볼을 보고는 안쓰러운 미소를 짓는다. 안타깝게도 그건 타고난 것인데.

14:00 아홉 번째 마케팅 교육. 얼마나 넓은 세상에, 얼마나 많은 인간에게, 얼마나 다양한 과자를 팔 것인가. 논의해 봅시다. 앞으로의 인류는 과자를 더 많이 먹을까, 더 적게 먹을까. 추측해 봅시다. 전쟁은 과연 과자 판매에 악재가 될까, 호재가 될까. 판단해 봅시다. 과자의 적은 무엇인가. 냉정해집시다. 과자는 어떤 방향으로 진화해야 하는

가. 자, 이제 눈을 감고 상상해 봅시다…….

나도 이제 어느 정도는 알고 있다. 이곳에서 중요한 건 과자의 미래를 상상하는 게 아니라 눈을 감으랄 때 순순히 눈을 감는 행위 그 자체라는 걸. 우리가 눈을 감았는지 안 감았는지 확인하기 위해 사수들이 앞을 왔다 갔다 하고 있다. 왜 저렇게 믿지 못하는 걸까.

한 사수가 내 앞으로 다가오고 있다. 한번 버텨 볼까. 자기들 지시에 불응하는 자에게 과연 어떤 벌을 내릴지. 사수가 점점 다가온다. 발소리가 군화라도 신은 듯 묵직하다. 내 마음속까지 꿰뚫어 보면서 심리적으로 나를 압박하려는 속셈이다. 두렵다. 솔직히 두렵다. 이게 과연 저항할 만한 가치가 있는 일일까. 이제 겨우 1미터. 고개를 살짝만 돌려도 내가 눈을 뜨고 있다는 것을 알아챌 것이다. 팔만 뻗으면 닿을 수 있는 거리 안으로 사수의 발이 들어왔다. 그런데 이게 과연 저항할 만한 가치가 있는 일일까.

아무 일 없이 내 앞을 지나쳐 가는 사수의 발소리가 침묵 속에서 또렷이 들린다. 순식간에 모든 긴장감이 사라지고 편안해진다.

새벽녘과 비슷한 고요함이 느껴진다. 침묵 사이사이에 소라의 배 속 같은 진동 소리가 깃들어 있다. 이 고요함은 과자를 위한 게 아니다. 과자 따위에는 어울리지 않는다. 그보다 훨씬 더 은밀한 것, 더 높은 것, 더 가치 있는 것. 이

암흑과 고요는 나를 위한 거다. 저기, 벗겨진 왕관이 어둠을 계단 삼아 데굴데굴 굴러가는 게 보인다. 저걸 주워야 한다.

18:00 교육이 끝난 뒤 다른 조들은 다 떠나고 우리 조원들만 강의실에 남았다. 아무것도 모르는 회색 셔츠는 먼저 나가려다가 떠버리가 부르는 소리에 무슨 일인데, 하며 다시 돌아왔다. 별로 신경 쓸 인물은 아니다.

18:10 "그동안 많이 힘들었지?"

안경잡이는 영문을 몰라 어리둥절해하는 표정이다. 자기 존재가 이 회의의 안건이라는 걸 전혀 눈치채지 못하고 있다. 그러든 말든 상관없이 안경잡이를 위한 찬사와 반성이 바로 시작된다. 그동안 네가 우리 조를 위해 얼마나 많이 희생해 왔는지 우린 너무 무지했어. 뻔뻔하게도 너의 봉사를 당연하게만 누려 왔지. 그래서 이젠 다른 사람이 네 짐을 나누어 지고자 해. 떠버리와 여자 1, 2는 나름의 이상적인 역할을 정해 놓고 대사를 외우는지 맡은 임무를 훌륭히 해낸다. 회색 셔츠는 혼자서만 조금 귀찮다는 식으로 우리에게서 떨어져 앉아 있다. 어차피 신경 쓸 인물은 아니다.

"난 괜찮은데. 정말 아무렇지도 않아."

안경잡이는 왕좌에서 내려오지 않으려고 안간힘을 쓴다.

"힘든 일 같은 게 있을 게 뭐야? 그런 거 하나도 없어."

어리석은 녀석. 안경잡이는 잘 모르는 것 같다. 왕관을 움켜쥐는 힘이 강하면 강할수록 스스로를 궁지로 내모는 꼴밖에 안 된다는 걸. 계속 시간을 끌며 조원들의 호의를 거절했다간 조장 자리를 내놓기 싫어하는 그의 본심이 모두의 앞에서 드러날 것이다. 아직은 그 음흉한 속마음을 아는 사람이 나 하나뿐이지만 만약 다른 조원들이 안경잡이의 실체를 알게 된다면. 자신의 권력욕을 그대로 드러내고 싶어 하는 사람은 아무도 없다. 다들 상황에 떠밀려 그 자리에까지 올라갔노라고 말할 뿐. 그러니 그 상황,이라는 걸 바꿔 보면 비로소 그가 어떤 인간인지 알 수 있게 된다.

"조장이 하는 일이 뭐가 있다고 힘들어. 정말 괜찮다니까."

지금까진 저렇게 버티지만 안경잡이는 결국엔 왕관을 벗을 수밖에 없다. 그가 선택할 수 있는 것은 단 두 가지. 그나마 남은 품위를 지키며 조원들의 환대 속에 물러날 것이냐, 아니면 데굴데굴 굴러가는 왕관을 줍기 위해 꼴사납게 바닥을 길 것이냐. 여자 1과 2는 간단하게 끝날 줄만 알았던 논의가 지루하게 이어지는 것에 슬슬 짜증스러워하는 표정이다. 둘이서 어떤 눈짓을 주고받는다. 여자들의 저런 표정을 얕봐선 안 된다. 저것에 세상이 뒤바뀌기도 한다.

자, 안경잡이. 어서 네 입으로 선언해.

18:35 "그래. 그러면 바꾸지 뭐. 다들 이렇게까지 날 걱정해 주는데 안 바꿀 이유가 뭐야."

안경잡이 녀석, 그래도 2차 면접까지 통과한 합격자답게 현명한 판단을 내린다. 그리고 전(前) 조장답게 재빠른 화제 전환을 시도한다.

"그러면 다음 조장은 누가 하는 건데?"

그 말이 나오자마자 기세 좋게 나서던 여자 1, 2는 입을 다물고 슬그머니 뒷걸음질을 친다. 회색 셔츠는 여전히 다른 세상 일인 것처럼 떨어져 앉아 이쪽을 멀뚱히 바라보고만 있다. 그렇다면 조장이 될 가능성이 있는 사람은 역시 떠버리와 나 둘뿐. 떠버리에게 숨겨 둔 권력 의지가 있을까? 떠버리가 팔꿈치로 나를 툭 친다.

"그냥 형이 하는 게 어때요? 애초에 말을 꺼낸 사람도 형이니까."

우연인지는 모르겠지만 그 순간, 회색 셔츠가 고개를 돌려 나를 힐끗 바라본다. 멍청한 녀석. 괜한 의심을 누그러뜨리기 위해선 일단 한 걸음 물러서는 수밖에.

"이번엔 그렇게 주먹구구식으로 하는 것보다 절차와 합의를 따르는 게 좋지 않을까? 다른 사람 의견도 모두 수렴

해서 말야."

그러자 여자 1과 2가 떠버리의 말에 힘을 실어 주면서
그냥 하세요, 우린 상관없으니까, 귀찮은 듯 나를 추천한
다. 조장에서 단순 조원으로 격하된 안경잡이도 무기력한
얼굴로 그럴래요? 하고 묻는다. 나는 아무 대답도 하지 않
는다. 일단 기다린다. 지금은 기다려야 하는 시기. 조금 더
기다린다. 이제 시계를 본다. 이 모든 것이 자연스럽게 완
성될 때까지 앞으로 몇 초나 더 기다리면 될까? 지금이다.

"그래, 모두가 그렇게 말한다면."

"그러지 말고 제비뽑기를 하는 게 어때?"

회색 셔츠가 내 말을 가로막으며 엉뚱한 제안을 한다.

"가만 보니까 다들 하기 싫어하는 것 같은데 또 한 사람
에게만 희생을 강요했다간 같은 결과가 나오지 않겠어?
그러니까 공평하게 각자의 운명은 운에 맡기고 제비뽑기
에 걸리는 사람이 순순히 조장이 되는 거야. 어때?"

제비뽑기. 극도로 공평할 순 있다. 하지만 극도로 합리
적이지 않다. 인간 주제에 무작위를 운명이라고 일컬어선
안 된다. 주사위 놀이는 하느님이나 하는 거다. 회색 셔츠
는 무슨 생각으로 저런 제안을 하는 걸까. 조장 되는 것을
저렇게 질색하는 여자 1, 2에게 그 막대한 힘을 주었다간
재앙을 불러일으킬 게 뻔한데.

"진짜 그래 볼까? 다른 사람들 생각은 어때요?"

"제비뽑기라니, 꺅! 얼마 만이야. 재밌겠다."

"그러니까! 꼭 미팅하는 것 같아."

어떻게 된 일일까. 둘에겐 가장 불리한 방법인데도 저렇게나 흥분하며 좋아하다니. 저들의 얄팍한 얼굴 밑에도 최소한의 권력욕이라는 게 있는 걸까, 아니면 동의라는 의사 결정 표현의 중대한 방법을 단순히 회색 셔츠의 호감을 얻는 수단으로 이용하는 걸까. 내가 아침부터 지금까지 치밀하게 계획해서 얻은 이 기회를 고작 자기들이 추파를 던지는 데 써먹으려 하다니.

떠버리가 또 팔꿈치로 나를 툭 친다.

"나도 찬성. 형도 찬성이죠?"

18:45 안경잡이가 노트를 길게 찢어 다섯 개의 제비를 만든다. 제비 다섯 개 중 하나의 끝에만 × 표시가 되어 있다. 이상한 일이다. 오늘은 ×가 적힌 제비를 뽑길 이렇게나 간절히 소망하고 있다니. 안경잡이는 전 조장의 권위로 제비를 들고—그리스 시대식으로 얘기하자면 신관 역할을 맡고—나머지 다섯 명은 도전자로 제비를 뽑는다.

먼저 여자1이 나선다.

"제발."

여자1이 제비를 펼친다.

"꺄아!"

탈락이다. 여자1은 기쁨의 환호성을 지른다. 여자1의 행운을 이어받아 다음에는 여자2가 뽑는다.

"나도 제발."

여자2가 제비를 펼친다.

"와아!"

역시 탈락이다. 둘은 부둥켜안고서 탈락의 기쁨을 함께 나눈다.

이제 남은 제비는 세 개. 시간을 절약하기 위해 떠버리, 회색 셔츠, 그리고 내가 동시에 제비를 뽑기로 한다. 안경잡이가 "라스트!"라고 외치며 제비를 쥐고 있는 주먹을 요란스럽게 흔든다. 덕분에 그러잖아도 무작위인 운명에 더한 혼돈이 생긴다. 순간 제비들이 흐트러져서 안경잡이는 제비를 모아 다시 가지런하게 정리한다. 들쑥날쑥했던 제비들이 서서히 가지런해진다.

"내가 먼저 뽑을게."

나는 내 위치에서 가장 멀리 떨어진 제비를 뽑는다. 다음엔 떠버리가 뽑는다. 회색 셔츠는 순순히 맨 마지막 제비를 받아 드는데, 그러면서 왠지는 모르지만 나를 한번 힐끗 바라본다. 나는 신경 쓰지 않는다. 떠버리와 회색 셔츠, 내가 동시에 제비를 펼친다.

19:19 다들 완전히 김이 샜다는 얼굴이다.

"애초에 형이 조장이 될 운명이었네. 그러니까 처음부터 내 말대로 형이 했으면 됐는데 괜히 시간만 끌고."

회색 셔츠가 약간의 비난을 받는다. 그래도 워낙 무뎌서인지 아무 반응도 없다.

"뭐 덕분에 긴장감은 있었잖아요."

"그래요, 재미있었으면 됐지."

여자1, 여자2가 분위기를 중화한다.

"축하해요. 그런데 얼굴을 보니까 축하해 주면 안 될 것 같기도 하고."

안경잡이의 말에 다들 웃는다. 나는 어쩔 도리가 없다는 듯이 뒤통수를 긁으며 따라 웃는다. 숙소로 돌아가려고 다들 걸음을 재촉한다. 나는 조장답게 조원들을 먼저 내보낸 뒤 맨 마지막으로 강의실을 나온다. 문 앞에 놓인 쓰레기통에 제비를 버리기 위해 쥐고 있던 손을 펼친다. 땀에 흥건히 젖은 ×가 떨어지지 않고 손바닥에 달라붙는다.

합숙 종료 D-8 금요일

05:00 안녕하세요. 세일즈 킹의 아침입니다.

헌 구두를 신고 나가야 할 것 같은 새로운 아침. 새로운 세일즈 킹.

05:20 어제처럼 가장 먼저 운동장에 나와 준비하고 있

다. 그런데 일찍 나온 몇몇 사람이 나를 향해 처음 보는 것 같은데, 하며 뱀 같은 얼굴로 중얼거린다. 어제 아침 체조를 쉬었던 약삭빠른 기회주의자들이다. 하마터면 크게 억울할 뻔했는데 다행히 주변의 누군가가 아냐, 어제부터 나왔어, 어제도 제일 먼저 나와 있던걸, 말해 준다. 어디에나 세상을 공평하게 보는 바른 평가자는 있기 마련.

체조를 시작하자 대장이 나를 지목해 움직임이 좋네요, 하며 칭찬한다. 나는 운동장을 둘러싸고 있는 창을 올려다본다. 이것으론 부족하다. 더 좋아야 한다.

06:50 예상대로 식당엔 아직 아무도 오지 않았다. 출입구 옆에 있는 스위치를 켜니 점등식처럼 가장 먼 곳부터 입구 쪽을 향해 차례차례 불이 들어온다. 빛이 있으라 하니 빛이 있었다. 이런 느낌이었을까. 지금, 본관 쪽에서도 식당에 불이 들어오는 모습을 봤을 것이다. 지금까지 이 독보적인 임무를 수행했던 자에겐 미안하지만, 새로운 존재를 알리기 위해 창가 앞으로 가서 선다. 저들에게 나에 관한 정보를 충분히 주어야 한다.

먼저 냉장고에 뭐가 들어 있는지부터 살핀다. 눈에 띄는 재료들을 조합해 보니 버섯 된장찌개와 달걀찜, 어묵채소볶음 정도를 만들 수 있을 것 같다. 서둘러 가스레인지에 밥솥과 찌개 끓일 물을 올린 다음 달걀을 푼다. 전자레인지가 작동하면 달걀찜 같은 것은 식은 죽 먹기일 테지만 찜통도 나쁘진 않다. 찜통을 사용하면 수분이 더 풍부한 훌륭한 달걀찜을 만들 수 있다. 오늘 아침 식사에는 쉬운 쪽보단 훌륭한 쪽이 어울린다. 냄비 세 개의 물이 끓기를 기다리는 동안 버섯과 채소를 다듬는다.

07 : 15 "혼자서 이 많은 요리를 다 하는 거야?"

정신없이 요리하느라 사수 강이 식당으로 들어온 것도 모르고 있었다. 강은 어느새 조리대 쪽으로 바짝 다가와 내가 요리하는 모습을 살펴보는 중이다. 역시 본관의 창은 그들의 눈. 나는 이마에 맺힌 땀이 음식으로 떨어지지 않도록 얼른 키친타월 한 장을 뜯어 땀을 닦는다.

"오늘부터 제 임무여서요."

"임무? 어째서?"

"제가 우리 조 조장이거든요."

"조장이라고? 5조 조장은 그 안경 낀 녀석 아니었나?"

"네. 그런데 어제부터 제가 조장을 맡게 됐어요."

"왜?"

"그게, 조원들 모두 새로운 조장을 원해서, 앗!"

그 순간 찌개 냄비 물이 넘치면서 뚜껑이 덜거덕거린다. 나는 얼른 불을 줄인 다음 썰어 놓은 채소를 집어넣는다. 바쁜 일이 없는지 강은 뒤에서 내가 요리하는 모습을 계속 지켜보고 있다. 잠시 후 1조 조원들이 열을 지어 우르르 식당으로 들어온다. 그제야 강은 그쪽으로 시선을 돌리며 오늘은 2등이네, 라고 말한다. 사수 중의 사수. 강은 공정하고 상황 파악이 빠른 사람이다.

07:45 식사 준비를 끝마치고 나니 떠버리와 안경잡이가 차례대로, 이어서 여자 1, 2가 함께 식당으로 들어온다. 나는 각자 아침을 해 먹으려는 그들을 내가 차려 놓은 식탁으로 안내한다. 네 사람은 식탁 위에 마련된 음식들을 보고 깜짝 놀란다.

"언제 와서 이런 걸 만들었어요?"

"조장을 바꾸니까 식탁부터 달라지네. 이럴 줄 알았으면 진작 바꿀 걸 그랬네."

떠버리가 반 우스갯소리로 그렇게 말할 때 강도 가까이 있었는데 들었을지 모르겠다. 예리한 사람이니 분명 들었겠지.

모두 의자에 앉는데 마침 식당으로 들어오는 친구가 보여서 나는 친구까지 아침 식사에 초대했다. 친구는 조원들끼리 먹는 것 같은데 내가 끼어도 돼요? 라고 묻는다.

"그럼요. 언제든지."

친구가 고마워요, 인사하며 미소 짓는다. 회색 셔츠의 안부를 물으니 오늘도 역시나 일어나지 않았단다. 태평한 인간 같으니라고. 그사이 된장찌개 맛을 먼저 본 떠버리가 자기네 집 된장찌개 맛이랑 똑같다고 호들갑을 떤다. 다른 조원들도 정말 집에서 끓이는 맛 그대로라고 칭찬해 준다.

"혹시 모든 엄마들이 인스턴트 된장을 쓰고 있는 거 아니야?"

내 수준에선 별것도 아닌 농담이었는데 다들 재밌는지 크게 웃음을 터뜨린다. 다른 조원들이 부러운 듯 우리 식탁을 넘겨다본다. 강도 내 쪽을 돌아본다. 빛부터 일용할 양식, 웃음까지. 모두 나 혼자 만들어 냈다.

08:35 "있지, 자기가 있는 곳은 결국 자기가 만들어 내는 거라는 생각이 들어."

"무슨 뜻?"

"아무리 절망적인 곳이라도 한 가지 변화는 만들 수 있다는 뜻. 그러면 거기서부터 새롭게 시작할 수 있다는 뜻."

"내가 고른 그림이 보이는 이 응접실처럼?"

"……그래."

합숙 종료 D-7 토요일

05:30 아침 체조를 시작한 지 드디어 사흘째가 되는 날. 오늘은 나에게 처음 보는 얼굴인데, 신입생이야? 라고 묻는 사람이 하나도 없다. 사흘. 단 사흘 만에 이 배타적인 사

파 속으로 녹아드는 데 성공했다. 땀에 젖은 쥐색 티셔츠와 아침을 깨우는 구령, 기득권층만의 단합 속으로.

"정말 잘 따라 하네요. 알고 보면 조교 출신인 거 아니에요?"

대장이 또 나를 칭찬한다. 다른 사람들도 모두 동의하는지 아무런 이의를 제기하지 않는다. 혹시라도 대장이 몸이아파 아침 체조에 나올 수 없는 날엔 내가 임시 대장으로추대될 수도 있지 않을까.

08:00 오늘도 회색 셔츠만 빼고 모든 조원이 내가 만든 아침으로 함께 식사를 한다. 조원들은 단 하루 만에 내가 해 주는 음식에 적응한 모양이다. 다 준비된 식탁을 보고도 어제만큼의 환희를 보이지 않는다. 다들 당연한 일로받아들이는 것 같다. 예상과 다른 반응에 잠깐 실망했지만거기에 깃든 깊은 뜻을 깨달은 순간, 다섯 명이 가족처럼둘러앉은 식탁 풍경에 감격하고 말았다. 돋보이지 않는 자연스러움. 이것이야말로 내가 추구해야 하는 가치다. 다들내가 조장이라는 사실에 완벽하게 적응했다는 뜻이니.

08:45 식사 뒷정리를 끝내고 방으로 돌아가기 전, 먼저사무실로 가서 오늘 일정을 최종 확인하기로 한다. 봉사활동을 나가는 날이라는 건 당연히 숙지하고 있지만 조장

이 되고 나서 처음 나가는 봉사 활동이기 때문에 모든 것을 확실히 해 둘 필요가 있다. 이런 이유를 핑계 삼아 사수들이 지내는 사무실에 얼굴을 한번 디미는 것도 나쁘진 않을 테고.

09:00 노크를 한 뒤 사무실 문을 여니 사수들 몇몇은 컴퓨터 앞에 앉아 업무를 보고 있고, 나머지 사수들은 소파에 둘러앉아 이야기를 나누고 있다. 문을 등진 채 소파에 앉아 있던 천은 앞에 앉은 또 다른 사수가 눈짓하는 것을 보고서야 고개를 돌려 나를 본다.

"어쩐 일이야?"

"오늘 아홉 시 반까지 운동장에 집합하는 거 맞죠? 아이스박스부터 먼저 챙겨서 버스에 넣어 둘까요?"

"조장은 뭐 하고 네가 그 일을 해?"

09:01 인간은 때로 중요한 일을 너무 쉽게 잊어버린다. 그래서 문제를 일으킨다.

나는 천에게 사흘 전부터 우리 조 조장이 나로 바뀐 점을 상기시켜 준다. 조장이 된 날 저녁, 바로 천을 찾아가 그 경위를 상세하게 보고했음에도 다시 한 번.

"아, 그랬지, 참."

천은 깊숙한 곳에 처박힌 쓸데없는 기억을 끄집어내듯

무심히 중얼거린다. 그동안 나는 혹시나 탁자 위에 평가 파일이 올려져 있나 곁눈질로 확인한다. 어디에 따로 치워 놓았는지 오늘은 보이지 않는다.

"알았으니까 그만 나가 봐."

내가 계속 곁에 서 있으니까 천이 턱을 쳐들면서 나가라는 신호를 보낸다. 나는 천과 다른 사수들에게 인사한 뒤 사무실을 나온다. 하락하는 계단. 뭔가 잘못된 듯한 느낌. 뭐가 부족한 걸까.

나도 안경을 한번 써 볼까.

09:25 오늘은 다행히 한 명도 빠짐없이 모든 조원이 버스 앞에 모였다. 여자1도 비록 회사에서 나눠 준 모자는 아니지만 챙이 넓은 밀짚모자를 쓰고 나와 있다. 뒤늦게 조장이 된 탓에 내가 지휘할 수 있는 봉사 활동도 이제 겨우 세 번밖에 남지 않았다. 그때까지 결원은 없어야 한다. 다행히 조원들 모두 그 점을 존중해 주는 것 같다.

10:15 버스가 마을에 도착하자마자 나는 맨 먼저 우리 조 아이스박스부터 챙겨 내린다. 그간의 경험으로 원활한 작업을 위해선 아이스박스의 존재가 중요하다는 것을 알고 있다. 언덕 위로 우리가 완성해야 할 성이 보인다. 쌓다 만 벽돌 때문인지 폭격을 맞은 잔해 같기도 하다. 햇볕이

너무 강해 순간 나도 모르게 얼굴이 찡그려졌지만 나는 곧 큰 소리로 조원들을 격려한다.

"자, 오늘이 첫 작업인 것처럼 열심히 해 봅시다."

11:00 이제 막 일을 시작했는데 여자 1과 2는 벌써부터 더위에 지친 기색이다. 계속해서 아이스박스 뚜껑만 열었다 닫았다를 반복하고 있다. 확실히 여자 체력으로 이런 더위 속에서 이런 육체노동을 견딘다는 것은 쉽지 않은 일이다. 그러나 그렇기에 조금만 더 성실히 임한다면 훨씬 더 이득이 될 수도 있는 건데. 둘은 그 점에는 완전히 무지하다. 평가 파일의 존재를 넌지시 암시해 줘야 할까.

떠버리와 안경잡이는 비교적 합격점이다. 둘 역시 이런 육체노동은 해 본 적이 없을 테지만 그래도 남자다운 힘을 보여 주고 있다. 그에 반해 회색 셔츠는 별로 마음에 들지 않는다. 놀고 있지는 않지만, 자세히 지켜보면 벽돌을 옮기고 시멘트를 바르는 손에 의욕이 없다.

친구와 같은 방을 쓴다는 점이 회색 셔츠의 방만함과 관련이 있을까.

12:00 지난번엔 내 잘못이 컸다. 아무리 지쳤어도 그렇게 보란 듯이 풀밭에 누워 있는 게 아니었다.

그런데 5조 그 녀석 말이야, 지금까진 몰랐는데 오늘 보니 풀밭에 누워서 슬슬 농땡이를 피우고 있더라고. 자기가 어떤 처지에 놓여 있는지 전혀 모르는 모양이야.

불쌍하니까 힌트 좀 주지 그랬어.

췄지. 그래도 전혀 못 알아듣던걸? 그렇게 미련해서 면접은 어떻게 통과한 걸까?

햇빛에 얼굴이 가려졌던 그 사수는 나에게 직접적인 징계를 주는 대신 저녁때 사무실에 모여 그렇게 낄낄댔을 것이다. 현장에 없었던 다른 사수들은 그 말만 전해 듣고 점심시간에 잠깐 쉰 것을 하루 종일 농땡이 피운 것으로 오해했을 테고. 억울하다. 하지만 억울해해선 안 된다. 인간은 본래 자기가 직접 보지 않은 것에 대해 좋은 것은 덜 좋게, 나쁜 것은 더 나쁘게 상상하는 습성이 있다. 그래야 안전해질 수 있다.

"아, 인간적으로 너무 더운 거 아니야?"

떠버리가 혼잣말로 소리친다. 오늘 햇볕은 정말 우리를 시험에 들게 하려고 작정한 것 같다. 인내심이 바닥난 누군가 삽을 내던지며 어차피 무너뜨릴 집, 더는 짓지 않겠어, 라고 외칠 때까지. 그 순간 사수가 곁을 지나가고 있다면 결코 우연은 아닐 것이다.

"덕분에 시멘트는 잘 마르잖아. 어디든 어두운 면이 있으면 밝은 면도 있지. 어느 쪽을 보고 사느냐에 따라 인생이 달라지는 거야."

봉사 단원이 선문답 같은 말을 했는데 다들 지쳤는지 아무도 대답을 안 한다. 회사의 사주를 받은 자들. 단원들이 우리 조에 반감을 품기 전에 조장인 내가 나서야 한다.

"맞아요. 시멘트가 잘 마르는 게 최우선이죠."

확실히 조장이 되어 보니 신경 쓸 일이 한두 가지가 아니다.

지난번엔 확실히 내 잘못이었다. 두 번 다시 그런 바보 같은 실수를 저질러선 안 된다. 온종일 땀을 뻘뻘 흘려 가며 일하고도 단 한 순간의 나태로 게으름뱅이라는 오해를 받는다면. 머저리 엑스.

한 번의 실수를 만회하기 위해선 두 번의 공을 쌓아야 하는 법. 벽돌을 쌓자. 다른 반보다, 다른 조보다, 다른 누구보다도 더 빠르게 벽돌을 쌓자. 다른 생각은 아무것도 하지 말자. 그럴 겨를이 있으면 한 층이라도 더 벽돌을 쌓자. 손이 점점 빨라진다. 온몸의 신경이 오직 하나의 목표에 집중한다. 높아져 가는 벽돌 벽. 세상에 이렇게나 정직한 작업이 있다니. 황홀하다. 그런데 갑자기 눈을 뜰 수가 없다. 선명했던 시야가 소금을 탄 물처럼 뿌옇게 변한다.

최소한 우리는 우리가 뭘 하는지 알아야죠. 우린 그렇게 작은 존재가 아니잖아요.

목에 두른 수건으로 눈에 들어간 땀을 닦아 냈다. 문득 아래 4조 부지에서 삽을 든 채 모래를 개고 있는 친구의 모습이 보인다. 계속해서 보고 있으니 어떻게 알았는지 신기하게도 친구가 고개를 들어 눈짓으로 나에게 알은척을 한다. 나는 벽돌 한 장을 새로 올리는 것으로 그의 인사에 응대한다. 이렇게 벽돌 한 장을 쌓는 것이 나의 인사, 나의 대답이다.

너무 걱정 마요. 나도 내가 뭘 하는지는 알고 있으니까. 벽돌을 이렇게 한 층, 한 층, 쌓아 올리는 것. 이게 바로 나와 당신, 우리 모두가 하고 있는 일이야. 벽돌이 있어야 할 곳에 벽돌을 올려놓는 것, 그것 이상으로 옳은 일이 있을까. 그것 이상으로 알아야 할 일이 있을까.

13:00 점심 식사를 하러 내려오라는 소리가 들린다. 나 혼자라면 다른 때처럼 느즈막이 밥을 먹어도 되지만 오늘부터는 그럴 수 없다. 나는 하던 일을 제쳐 두고 우리 조에서 가장 먼저 천막으로 뛰어 내려간다. 우선 다른 조가 차지하기 전에 우리 조원들을 위한 식탁 하나를 얼른 확보한다. 1조 조장 선봉대도 옆에서 나와 똑같은 행동을 하다가 나를 힐끗 쳐다본다. 하나도 부끄럽지 않다. 나는 수저를 테이블에 하나씩 올려놓는다. 나 역시 선봉대. 이제는 나도 선봉대다.

13:10 땀범벅이 된 떠버리와 안경잡이, 여자1, 여자2,

회색 셔츠가 천막 안으로 들어온다. 다들 아침때처럼 내가 마련해 놓은 의자에 편안하게 앉는다. 자리를 잡지 못한 다른 조원들은 조장에게 볼멘소리를 하며 우리를 부러운 눈길로 바라본다. 나는 조원들이 밥을 남기지 않고 먹도록 독려한다.

15:00 사수들이 이곳저곳 돌아다니면서 조금만 더 힘 냅시다, 외치고 있다. 피로감이 가장 많이 몰려오는 시간. 체력이 좋은 사람들도 움직임이 둔해지는 시간이다. 그렇기 때문에 가장 열심히 해야 한다. 작업장은 확실히 아침만큼의 활력은 없지만, 그래도 고장 난 곳 없이 원활하게 돌아가고는 있다. 한가한 노인들이 현장 근처로 와서 우리가 짓고 있는 집 주위를 둘러보고 다닌다. 그들은 벌써부터 풍수지리 같은 것을 얘기하고 있다.

17:30 하루의 작업을 마치고 연수원으로 돌아가는 버스 안에서 깜짝 파티가 벌어진다. 사수들이 우리를 위해 시원한 캔 맥주를 준비해 뒀다. 우리는 일제히 수고하셨습니다, 라고 한목소리로 건배를 외친 뒤 동시에 맥주 캔을 딴다. 하얀 거품이 축포처럼 흘러내린다.

23:50 말하자면 신과 인간의 중개인 역할을 하는 겁니

다. 물론, 어느 쪽도 나를 고용하지는 않았습니다. 자발적인 봉사라고 해도 좋습니다. 쓰러진 사람을 일으켜 세워 주는 행위만이 봉사가 아닙니다. 근거리밖에 볼 줄 모르는 대중은 전혀 인지하지 못하는 무언가, 그들의 운명에 관한 무언가의 실체를 알고 그것을 추적하는 일은 더더욱 고귀한 인류에 대한 봉사이지 않을까요. 아, 그렇다고 오해는 마세요. 불을 훔쳐 오겠다는 것은 아니니까. 그만한 능력은 없습니다. 그럴 용기도 없어요. 다만, 이렇게 손가락으로 가리키는 겁니다. 우리가 모르는 저기 저 높은 곳엔 뜨겁고도 환하게 빛나는 불이라는 것이 있다, 라고요. 그걸 알려 주는 역할 정도는⋯⋯.

누구에게 이렇게 주절대고 있는 걸까? 나는 잠시 걸음을 멈추고 주위를 둘러본다. 그러나 그렇게 본들 내가 말을 걸 법한 사람이 있을 리가 없다. 내가 입을 다물자 복도에 좁고 깊은 고요함이 흐른다. 나는 다시 걸음을 옮긴다. 발밑의 친구는 아무 이상 없이 잘 따라오고 있다. 이상 무.

본관 불은 모두 꺼져 있다. 어쩌면 문도 잠겨 있을지 모르지만 지금까지 사무실 출입이 그리 엄격하지 않았다는 점으로 미루어 문이 열려 있을 확률에 기대를 걸어 본다. 발소리를 죽인 채 마흔일곱 개나 되는 계단을 올라가니—일일이 세었으니 정확하다—드디어 사무실 앞이다.

00:02 시간의 흐름이 느껴질 만큼 천천히 문손잡이를 돌린다. 쇠와 쇠가 맞부딪치는 소리에 아무도 깨지 않도록.

00:03 철컥.

00:04 곧바로 평가 파일부터 찾는다. 불을 켜야 제대로 볼 수 있지만 그랬다가는 잠을 자고 있지 않은 누군가가—어디에나 잠을 안 자고 있는 사람은 있기 마련이니—사무실 불빛을 목격하게 될지도 모른다. 나는 대신 커튼을 완전히 젖혀서 바깥 불빛이 사무실 안으로 최대한 들어오게 한다. 다행히 창문 바로 앞에 있는 가로등 덕분에 물건을 찾을 수 있을 정도의 밝기가 만들어진다.

탁자는 아침때처럼 깨끗하게 치워져 아무것도 놓여 있지 있다. 근처 책장과 캐비닛을 살펴본다. 여는 서랍마다 텅텅 비어 있다. 연수원이라서 그런지 모든 게 한시적으로 사용되고 있다는 느낌이 든다. 느낌? 느낌이라니. 지금 느낌 같은 것에 신경 쓰고 있을 때가 아니다. 누가 들어오기 전에 얼른 파일을 찾아야 한다. 순찰 중인 경비에게 들켰다간 이 시각에 사수들 사무실에 몰래 들어와 있는 그럴듯한 변명을 절대 만들어 내지 못할 것이다. 캐비닛 마지막 서랍까지 열어 봤지만 파일이 눈에 띄지 않는다. 할 수 없이 사무실 안쪽으로 더 들어가 사수들 책상까지 하나하나 살펴본다. 이러다 사수 중 누군가에게 발각되기라도 한다면. 마음이 급해진다. 사수들이 가져간 게 아니라면 분명 여기 어딘가에 있을 텐데.

그때 내가 서 있는 바로 앞 책상의 책꽂이에 눈길이 멈춘다. 아, 이거다. 내가 찾고 있는 바로 그 파일이다. 나는 파일을 열고 서둘러 오늘의 평가 결과를 살펴본다. 그러나 수기로 그려진 기호를 확실히 분간하기엔 빛이 너무 어스름하다. 빛과 어둠이 얼마나 많은 착시를 만들어 낼 수 있는지. 이런 환경에선 오해가 생길 수밖에 없다. 서둘러서 일을 완전히 망치기보단 시간이 조금 더 걸리더라도 확실히 해야 한다. 나는 파일을 들고 창가 가까이로 다가간다. 파일을 가로등 불빛에 비추니 아늑한 빛 덩어리 아래로 글자와 숫자, 기호들이 모습을 드러낸다. 가로줄의 맨 마지막 칸에 써진 오늘 날짜. 역시 오늘의 평가도 끝나 있구나. 부지런하기도! 1번 ○, 2번 ○, 3번 ○, 4번 △, 5번 △, 6번 ○……. 오늘은 다들 대체로 너그러운 평가를 받았다. 하긴 노예가 된 것처럼 그렇게들 열심히 벽돌을 쌓았으니. 자신감이 생긴다. 나는 중간 번호를 건너뛰고 바로 13번을 확인한다.

×.

00:15 뭔가…… 잘못된 거 아닐까.

00:16 창밖으로 파일을 내밀어 가로등 불빛 가까이에 종이를 갖다 대 본다. 그러나 아무리 환한 빛도 잘못된 기록에 수정을 가해 주지는 못한다. 오히려 그 전날에 받은 ×까지 모습을 드러낸다.

00:21 기대에서 완전히 빗나간, 도저히 승복할 수 없는 결과다. 오늘은 우리 조뿐만 아니라 우리 반에서 그 존재를 부정받을 만큼 잘못한 사람은 아무도 없다. 뜨거운 땡볕에서 모두가 가여우리만치 혹사당했다. 내가 하느님이었으면 비를 내려 줬을 것이다.

그런데 그 대가가 ×.

나는 서 있을 힘을 잃고 창가 벽에 몸을 맡긴다. 이 이상 내가 무엇을 더 할 수 있을까. 파일에 적힌 암호들이 떨린다. 저들이 우리에게 바라는 이상이라는 건 대체 어떤 모습일까. 주어진 임무를 수행하는 정도로는 부족했던 건가. 그렇다면 점심도 먹지 않고 작업했어야 한단 말인가. 열사병으로 쓰러지기라도 했어야 한단 말인가. 시멘트 반죽을 몸에 바르고 스스로 벽돌이라도 됐어야 한단 말인가.

아침 체조도, 조장 역할도, 식사 준비도, 벽돌 쌓기도, 할 수 있는 건 모두 시도했다. 그러나 나는 결국 이곳의 평가

시스템을 이해하는 데 실패했다. 순간, 창밖에서 어떤 움직임 같은 게 느껴진다. 그제야 여기에 오래 있으면 안 된다는 위기감이 번쩍 든다. 나는 얼른 파일을 제자리에 꽂아 놓고 사무실을 나온다.

00:31 복도를 지나 계단이다. 어디서 둔탁한 마찰음이 들린다. 깜짝 놀라 나는 벽 가까이로 몸을 붙인다. 역시 누가 나를 감시하고 있었던 건가. 이제 곧 내 얼굴 위로 파수꾼이 쏘는 날카로운 빛이 쏟아지는 건가. 이대로 이곳에서 파문당하고 마는 건가. 갖가지 의심으로 가슴이 요동치는데, 시간이 지날수록 땅을 때리는 소리만 커질 뿐 확실하게 정체를 드러내는 형상은 없다. 나는 가만히 귀를 기울인다. 비밀경찰의 발소리는 완전히 사라지고 친근한 파장이 귓가를 안심시킨다.

비다.

비가 내리고 있다. 추적자가 없다는 것에 안도의 숨을 내쉰 나는 발끝으로 어둠을 걸어 가며 조심조심 계단을 내려간다. 계단은 어둠 속에서도 넘어지지 않고 걸을 수 있도록 일정한 폭과 높이로 쌓아 올려져 있다. 이렇게나 잘 짜인 구조, 완벽한 균형, 튼튼한 재료. 이것도 누군가의 노력으로 만들어진 것일 테다. 그는 과연 합당한 평가를 받았을까.

아무리 애써도 자기가 존재하는 곳의 시스템을 도무지 이해할 수 없다면, 앞으로는 어떡해야 할까.

00:38 밖으로 나와 보니 장대비가 온 땅에 투명한 못을 박고 있다. 아무 죄도 짓지 않은 자연이 이런 형벌을 받고 있다니. 숙소의 불은 모두 꺼진 채 어둠에 잠겨 있다. 밤이 내리는 어둠을 믿고 눈을 감을 수 있는 자들이 세상에서 가장 평화로운 자들이다. 가로등 불빛이 비에 묻혀 점점 흐려진다. 나도 못을 맞으며 숙소로 돌아간다.

00:58 꼬마. 꼬마는 역시 세상모르는 얼굴로 깊은 잠을 자고 있다. 따뜻한 물로 샤워하고 싶지만 그랬다간 꼬마가 깰지도 모른다. 꼬마를 깨우고 싶지 않다. 불안하게 하고 싶지 않다. 나는 젖은 옷을 벗고 수건으로 물기만 대충 닦아 낸 뒤 침대로 기어들어 간다. 이불을 뒤집어써도 몸의 떨림은 전혀 멈추지 않는다.

05:30 세일즈맨의 아침. 얼른 헌 구두를 꺼내 신고 밖으로 나가자. 낡아 빠진 구두를 신고 전 세계로 세일즈를 다니면서 불쌍한 아이들에게 설탕이 잔뜩 발라진 과자를 팔자. 아이들을 멍청하게 만들자. 병들게 하자. 없애 버리자. 이제는 인간을 끝내자. 그런데 아무리 애를 써도 천장과

내 몸 사이의 간격이 줄어들지 않는다. 이상하다. 누가 밤새 보이지 않는 실로 내 몸을 칭칭 휘감아 놓은 것 같다. 과연 저들 중 누굴까. 내가 일어나지 못하도록 그런 수고로운 작업까지 기꺼이 할 사람은. 머릿속에 희뿌연 액체가 엎질러진 것 같다. 귓가에서 계단을 밟는 소리와 빗소리가 한데 섞여 울린다. 지난밤, 나는 어디를 다녀온 걸까. 나도 모르게 죄를 지어 버렸나. 실에 묶인 눈꺼풀이 무기력하게 다시 감기려고만 한다.

이러다간 정말로 아침 체조에 늦겠다. 내가 체조에 빠진다면 그들은 분명 기뻐할 거다. 내 의지가 자기들이 예측한 방향대로 움직이는 것에 만족해하며 미리부터 검은 파일을 꺼내 펜을 검처럼 두 번 휘두를 거다. 어쩌면 나를 두고 내기를 걸었을지도 모른다. 그렇게 둘 수는 없다. 나는 사력을 다해 몸을 묶고 있는 투명 실을 끊어 내고 침대에서 일어난다. 아침 체조엔 이미 늦었다. 그러나 지금이라도 나가서 맨 뒷줄에라도 서야 한다. 적어도 경솔하게 꺼낸 검은 파일만은 다시 품속으로 집어넣게 해야 한다. 세수도 하지 않은 채 운동복만 입고 바로 운동장으로 나간다.

05:50 이상하다. 아침 체조가 한창 진행되고 있어야 할 운동장이 텅 비어 있다. 대장조차 보이지 않는다. 일요일에도 체조는 쉬지 않는다고 들었는데 무슨 일일까. 이것도

시험의 일종인 걸까. 그런 거라면 나 혼자라도 먼저 체조를 시작하는 수밖에. 첫 번째는 팔을 길게 뻗어 숨을 크게 들이쉬는 동작. 하다 보면 지각생들이 하나둘 운동장으로 뛰어나와 죄책감 없는 얼굴로 내 뒤에 대열을 만들어 설 것이다. 오늘은 내가 대장이다. 숨쉬기 동작에 이어 전신 스트레칭. 몸이 흠뻑 젖는 기분이 든다. 지금 이 순간은 평가 파일에 반드시 기록되어야 한다.

06:40 마지막 체조 동작을 하는 지금까지 결국 아무도 운동장으로 나오지 않았다. 머저리들. 자기들 운명이야 각자 알아서 하라지. 정리 스트레칭을 하기 위해 무릎을 빙글빙글 돌린다. 몸이 뜨거워진다. 어지럼증이 동반된 의심이 인다. 그런데 정말 왜 아무도 오지 않는 걸까. 단 한 명이라도.

일요일 아침엔 체조 시간이 더 늦는 걸까, 아니면 체조하는 장소가 바뀐 걸까? 나만 그 연락을 못 받은 건 역시 나를 시험하기 위함일까? 나 같은 중도 합류자는 역시 입회 시험이라도 치러야 한다는 결정이 내려져서?

나는 무릎 돌리기를 그만하고 등을 일으켜 세운다. 순간 숙소 건물 쪽에서 누가 나를 향해 손짓하는 게 보인다. 뭐라고 고함도 질러 대는 것 같다. 그러나 투명한 창살 같은 것이 주위를 둘러싸고 있어 뭐라고 하는 건지 하나도 알아들을 수 없다. 곧 옆의 다른 방들 창문도 하나둘 열린다. 사람들이 날파리처럼 창가에 다닥다닥 붙어 선다. 생각을 읽을 수 없는 볼록한 눈을 가지고 나를 바라본다. 이제는 모두가 감시자. 나는 한 동작도 빠뜨리지 않고 아침 체조를 완벽하게 해낸다.

07:00 "미쳤어요? 뭐 하는 거예요?"

방으로 들어오는데 당연히 자고 있어야 할 꼬마가 문 앞에서 나를 맞이하며 소리친다. 꼬마답지 않게 어른에게 훈계하는 것이 불쾌하지만 나는 조용히 타이른다.

"미친 사람이…… 어떻게…… 아침 체조를 해? 아침 체조를 하는 사람은…… 절대…… 미친 사람일 수가 없어."

투명 실을 완전히 끊어 내지 못해 혀가 굼뜨게 움직인다. 꼬마는 더 흥분해서 손가락으로 창밖을 가리킨다.

"비 오잖아요. 체조 그까짓 거 하루 빼먹으면 어떻다고 저 폭우 속에 나가서 운동을 해요? 감기라도 걸리면 어쩌려고."

어울리지 않게 꼬마가 자꾸 큰소리를 친다. 저렇게 목소리가 우렁찬 녀석이 군대는 어떻게 면제받은 걸까. 나는 그만, 그만, 이라고 손을 흔들면서 땀으로 흠뻑 젖은 몸을 닦기 위해 욕실로 들어간다.

__:__ 하늘이 온통 하얗다. 맡아 본 적 없는, 아니, 맡

아 본 적은 있지만 그게 무엇인지 확인하지 못했던 야릇한 냄새가 난다. 고개를 오른쪽으로 한 번, 왼쪽으로 한 번 돌린다. 밖을 볼 수 없게 사방으로 흰 막이 둘러쳐져 있다. 역시, 격리된 건가.

막은 옅은 숨결에도 흔들릴 정도로 얇지만 절대 빠져나갈 수 없다는 포기를 하게끔 절망적이다. 세계 어디에 이런 양감을 가진 곳이 존재하는 걸까. 백색이 주는 비공간성, 비시간성에 자꾸 눈꺼풀이 감기려고 한다. 괴롭진 않다. 편하다. 오랜만에 무척 편하다. 이대로 이곳에 나를 그냥 놓아 버리고 싶다. 그래도 될까. 그래도 될까요?

__:__ 아니, 이건 아니다. 이렇게 편안하게 눈을 감는 것으로 모든 걸 끝내 버릴 순 없다. 아직은 아니다. 얼른 눈을 뜨고 이곳에서 나가야 한다. 그러나 생각뿐. 이리저리 몸을 뒤척여 봐도 도무지 손발이 말을 듣질 않는다. 여기선 경쟁자를 묶어 두기 위해 다들 주머니에 투명 실 하나씩을 휴대하고 다니는 건가. 나는 입술을 연다. 무슨 말이라도 해 보려고 애쓰지만 목구멍이 솜을 구겨 틀어막아 놓은 것처럼 답답하다. 나는 있는 힘껏 몸을 움직인다.

그 순간, 나의 저항 의사를 알아차렸는지 흰 막 위로 검은 형상이 일렁인다. 그리고 곧 내 앞으로 하얀 손이 불쑥 들어온다. 그 손이 한 번에 막을 걷어 젖힌다. 너무나 쉽게,

너무나 자신 있게.

"이제 깨어났어요?"

이상한 목소리를 가진, 이상하게 생긴 여자다. 눈코입이 밑으로 쏟아질 것처럼 몰려 있다. 나는 아무 대답도 하지 않는다.

"여기가 어딘지 알겠어요?"

아무 대답도 않을 거다. 먼저 스스로의 신원을 밝히고 여기가 어디인지, 왜 나를 가두고 있는 건지 정보를 주기 전까지는.

"목도 아파요? 말을 못하겠어요?"

어떻게 내 몸 상태까지 속속들이 아는 걸까. 여자가 흰 막보다 두꺼운 질감의 흰 가운을 젖히며 말한다.

"아침에 욕실에서 정신을 잃고 쓰러졌다는데, 그건 기억나요?"

__:__ "……몇 시예요?"

여자가 뒤쪽 어딘가를 힐끔거린다.

"오전 10시 25분이에요."

10:28 이제야 지난 일이 하나씩 정리되면서 시간이 일직선상 위로 다시 흐른다. 그러자 하얀 하늘과, 나를 가두고 있는 흰 막, 야릇한 냄새가 모두 이곳에 존재할 만한 당

위성을 획득한다. 내가 누워 있는 곳은 본관 1층에 있는 의무실, 여자는 이곳의 의료 담당자. 나는 몸을 일으킨다. 여자가 베개를 세워 내가 기대도록 도와주며 말한다.

"무리하지 마요. 몸살 기운이 있어서 푹 자야 해요. 열도 더 내려야 하고."

밑으로 쏟아질 것 같았던 여자의 눈코입이 평평하게 제자리를 찾는다.

"······아침 식사는 어떻게 됐어요?"

"배고파요?"

말을 할 때마다 머리가 지끈거려 어쩔 수 없이 인상을 찌푸리게 된다.

"그게 아니라······ 우리 5조 아침을 누가 만들었냐고요."

여자는 내 질문이 전혀 이해가 되지 않는다는 표정. 나는 질문을 정정해서 다시 시도해 볼까 하다가 아무것도 이해하지 못하는 여자의 곤충 같은 눈을 보고 그냥 포기해 버린다.

"죽 좀 먹고 약 먹을래요? 아니면 좀 더 자고 일어난 다음에?"

아무것도 먹고 싶지 않다. 그렇다고 좀 더 자고 싶은 것도 아니고. 나는 두 말 다 입 밖으로 꺼내지 않고 여자가 마음대로 해석하게 둔다. 여자는 내 침묵을 후자로 이해했는지 죽을 가져오는 대신 침대 옆에 놓인 등받이가 없는 동그란 의자에 걸터앉는다.

"아침에 그 빗속에서 혼자 운동을 했다면서요?"

그랬던가.

"합숙 시작하고 며칠 안 돼서 여기 온 적 있었죠?"

그랬던가.

"파스 받으러. 기억 안 나요?"

여자가 뭔가를 착각하고 있는 줄 알았는데 여자의 말이
정말 그런 비슷한 기억을 만들어 낸다. 첫 봉사 활동을 다
녀온 다음 날쯤, 근육통이 생겨 파스를 붙인 적이 있는 것
같다.

"그때 내가 뭐라고 했는지, 기억해요?"

"······."

"내가 그때 그랬잖아요. 너무 열심히 하지 말라고. 이제
기억나요?"

"······."

"지금 모습을 보니까 아무래도 다시 한 번 말해 줘야 할
것 같네요."

여자가 지그시 나를 바라본다.

"너무 열심히 하지 마세요. 여기, 그렇게 열심히 할 필요
없는 곳이에요."

몸을 일으키려고 하자 여자는 오늘은 아무것도 안 해도
되니까 푹 자요, 일요일이잖아요, 라고 말하며 손바닥으로

내 가슴을 가만히 누른다. 차갑다. 여자는 어쩌면 의무실 담당자가 아닌 게 아닐까. 그래, 아니다. 아닌 게 분명하다. 여자는 나를 향해 빙긋이 미소 지은 뒤 커튼을 치고 밖으로 나간다. 희미한 빗소리가 들린다. 천사들이 만든 링 안에 갇힌 기분이다.

12:15 여자가 볼일을 보러 밖으로 나간 틈에 방으로 돌아왔다. 꼬마는 방에 없다. 일요일이기 때문에 다른 기독교인들과 함께 회사 차를 타고 교회에 갔을 것이다. 봉사 활동 나가는 마을 가까이에 있는, 전형적인 시골 교회. 가 본 적은 없지만 분명히 전형적일 것이다. 그런데 신입 사원들을 교회까지 보내 주는 회사 연수원에 대해서는 조금 의문을 품어 봐야 하지 않을까.

나는 침대로 파고들어 가 눕는다. 뜨거운 혈관 속으로 얼음 알갱이가 떠돌아다니는 것 같은 통증이 인다. 나는 이불로 온몸을 꽁꽁 싸맨다. 열이 나면서도 동시에 몸이 덜덜 떨려 온다.

어메이징 그레이스.

갑자기 전화벨 소리가 울린다. 꼬마 전화다. 바보처럼 교회 가느라고 들떠 자기 분신과도 같은 전화기를 두고 갔나 보다. 언제나 전주가 끝나기 전에 꼬마가 전화를 받곤 했는데 오늘은 한 번도 들어 본 적 없는 뒷부분까지 연주가 계속된다. 성가대의 합창 소리로 방이 진동한다.

12:18 고문실에 들어와 있는 기분이다. 말초 신경 곳곳에 고통을 퍼뜨리는 예술적인 고문 도구. 조용한 방 안에 갑자기 저 노래가 울려 퍼지면 어디서 나를 쭉 지켜보고 있던 누군가가 마침내 정체도 드러내지 않은 채 나를 덮치는 것 같은 공포감이 몰려온다. 그러나 다툼이 될까 봐 꼬마에게 벨 소리를 바꾸라는 말은 하지 못했다.

나는 침대에 엎드려서 베개를 머리 위에 덮어 귀를 막는다. 의무실에서 돌아온 게 후회되려는 순간, 다행히 전화벨이 끊긴다. 나는 참고 있던 숨을 내쉬며 안도한다.

12:20 다시 전화벨이 울린다. 나는 얼른 베개로 다시 귀를 틀어막는다. 내가 방심하는 틈을 노리기라도 한 것 같다. 이번에도 전화벨은 마지막 한 음까지 발악한다. 물이 가득 찬 욕조에 누가 내 머리를 집어넣는 기분이다.

12:23 벨 소리가 멎는다. 나는 천천히 물 밖으로 고개를 내민다. 이제야 겨우 숨을 한 번 들이쉰다. 그 순간, 전화벨이 다시 울린다.

12:24 도대체 왜 이렇게까지 나를 고통스럽게 하는 걸

까. 머릿속 혈관이 물에 퉁퉁 붓는다. 고막이 파열한다. 기도는 벌써 막힌 상태. 더는 견디지 못하겠다.

12:25 "여보세요."

12:26 꼬마의 가족은 어찌 된 일인지 꼬마가 직접 전화를 받은 것보다 룸메이트인 내가 전화를 받은 것에 더 기뻐한다. 전화를 건 큰누나는 입사 동기래요, 동기, 하면서 말릴 새도 없이 전화를 다른 자매들에게 넘긴다.

12:43 아직도 통화 중이다. 이번에 전화를 넘겨받은 사람은 중후한 목소리의 중년 남자다. 꼬마의 아버지답지 않게 깊이 있는 목소리. 남자가 나에게 자기 아들이 잘 지내는지 묻는다.

"몸은 건강한가요? 혹시 아픈 데는 없나요?"

나는 건강하다고 대답한다.

"우린 자나 깨나 아들 걱정뿐입니다. 아무리 회사 생활을 위해서라지만 함께 있어야 할 가족끼리 떨어져 지내는 것보다 고통스러운 일은 없잖아요."

나는 그렇죠, 라고 대답한다.

"아들이 낯선 곳에서 너무 큰 짐을 짊어지고 있는 것 같아 마음이 무거워요. 제 딴엔 최선을 다하고 있을 테지만 부모가 보기엔 그게 더 안쓰럽죠."

나는 이미 다 큰 어른이라고 대답한다.

"아니, 제 눈엔 아직도 아기예요, 아기. 세상 아비 마음이라는 게 다 이렇다니까요."

내 입에서 뜨거운 김이 퍼져 나온다.

"……아버지, ……걱정하실 건 정말 아무것도 없어요……. 그동안 너무 오래 얼굴을 못 봤지만…… 여기서 너무나 잘 지내고 있어요……. 사수들은 친형들처럼 저희에게 친근하고…… 동기들도 모두 협동심이 몸에 배서 무슨 일을 하든 마음이 잘 맞아요……. 평가만 공정하게 이루어진다면…… 연수원을 나가선 아마도 가장 촉망받는 예비 신입 사원들 중 한 명이 될 거예요……. 그러니 아버지는 아무 염려 마시고 마음 편히 계시면 돼요. 이번이……이번이 정말 마지막이에요……. 모든 걸 여기에 걸었어요. 다음 같은 건 없어요. 있을 수 없어요. 합숙만 끝나고 나면 가장 먼저 찾아가 뵐 거예요. 약속드려요. 이제 엄마 좀 바꿔 주시겠어요?"

끓는 주전자의 부리 같은 내 입.

수화기에서 당신, 어서 일어나서 전화 좀 받아 봐, 라고 재촉하는 소리가 들린다.

"네, 제가 엄마예요. 우리 아들, 잘 지내고 있죠?"

13:10 "전화로 이런 여러 가지 얘기를 전해 들을 수 있다는 게 우리 가족에게 얼마나 큰 기쁨인지 몰라요. 꼭 하느님이 은총을 내리셔서 실수가 아니라 일부러 전화기를 놓고 간 것 같아요. 아침까지만 해도 항암제를 맞고 기운이 쭉 빠져 있었는데 아들이 모든 사람들한테 사랑받으면서 잘 지낸다는 말을 들으니 힘이 샘솟는 것 같아요."

나는 용기를 준다.

"힘이 들 때면 가족이 다 함께 나이아가라 폭포를 보러 가는 상상을 해 보세요."

그곳엔 가장 행복했던 때로 돌아갈 수 있는 무지개가 뜬대요. 엄마.

14:40 교회에서 돌아온 꼬마가 나를 위해 작은 선물 하나를 가져왔다. 연두색 풋사과. 교회에서 후식으로 준 건데 내 몫으로 하나 더 챙겨 왔단다. 꼬마는 몸이 나아지면 먹으라며 내 침대 옆에 사과를 둔다.

"고마워. 잘 먹을게."

꼬마는 아침에 욕실에서 쓰러진 나를 발견했을 때 자기가 얼마나 놀랐는지 이야기를 꺼낸다. 혼자서는 옮길 수 없어서 다른 방 사람들과 함께 나를 의무실로 옮겼다고 한다. 다른 사람들 누구? 라고 물으니 그때 우연히 복도를 지나고 있던 친구와 회색 셔츠라고 한다. 얘기하는 동안 꼬마는 손으로 전화기를 확인하고 있다.

"어? 우리 집에서 전화 왔었네요?"

나는 고개를 끄덕거리며 말한다.

"계속 전화벨이 울리기에 내가 받았어."

"고마워요. 그런데 49분 42초? 헐, 무슨 얘기를 이렇게나 오래 했어요?"

꼬마가 준 푸른 사과가 커튼으로 비친 햇살을 받고 반짝 빛난다.

"어머니가…… 몸이 많이 안 좋으신가 보더라."

꼬마는 예전엔 많이 안 좋았지만 치료를 받고 이제는 많이 좋아졌다고 대답한다. 아버지도, 누나들도 매일매일 엄마의 치료 경과를 보고해 주는 덕에 자기도 의사만큼이나 박식해졌다면서, 간암을 치료하는 최신 치료 방법에 대해 늘어놓는다.

"그건…… 전부 믿을 수 있는 얘기야?"

꼬마가 전화기를 내려놓으며 내 쪽을 돌아본다.

"무슨 뜻이에요?"

"아니야. 생각해 본 적 없으면 됐어. 그건 그렇고, 오늘 예배는 어땠어? 교회에 간 지 하도 오래돼서 기억이 가물가물해. 지금도 예배 드리기 전에 주기도문을 외우나? 어떻게 시작했더라. 하늘에 계신 우리 아버지, 우리가 우리에게 죄지은 자를 사하여 준 것같이 우리 죄를 사하여 주시

옵고, 우리를 시험에 들게 하지 마옵시고, 다만 악에서 구하옵소서. 이게 맞나?"

나는 화제를 바꾸려고 하는데 꼬마가 기도하듯 내 몸에 들러붙는다.

"왜 가족이 하는 말을 그대로 믿을 수 없는 건데요?"

꼬마의 피부가 몸에 닿으니 내 몸이 얼마나 뜨거운지가 실감 난다. 꼬마는 2차 성징도 겪지 않았나 보다. 가까이서 보니 얼굴에 수염 자국이 하나도 없다. 나도 모르게 손이 꼬마의 보드라운 뺨으로 올라간다.

"그냥, 어머니랑 통화하다 보니까 문득 그런 생각이 들어서."

"무슨 생각이요?"

나는 꼬마의 말랑한 뺨을 어루만지며 말한다.

"자식에게 자신의 병을 있는 그대로 말하는 부모가 이 세상에 있을까? 하는."

더군다나 너 같은 꼬마에게.

나는 그저 물었을 뿐이다. 평소처럼 꼬마는 우리 가족은 서로 비밀 같은 것 없어요, 라고 대답하면 된다. 그런데 꼬마는 어쩐 일인지 내 침대 옆에 무릎을 꿇고 앉은 채 아무 말이 없다. 한 번도 그늘에 잠겨 본 적 없는 꼬마의 얼굴에 어둠이 내린다.

15:10 "맞아요. 그러고 보니 엄마는 건강 검진 결과가 나온 날에도 저에겐 아무 이상이 없다고만 했어요, 아빠도요. 그러고는…… 입원 전날이 돼서야 간단하게 추가 검진을 받을 게 있어서 하루만 입원한댔어요. 그런데 하루가 지나도 퇴원을 안 해서 왜 그러냐고 물어봤더니 그제야 막내 누나가 엄마는 추가 치료를 받는 거라고 사실대로 얘기해 줬어요. 많이 심각한 건 아니고 그냥 간 일부가 약간 딱딱해져서 그걸 풀어 줘야 한다고……. 정말 그러고 보니 저는 단 한 번도, 있는 그대로의 사실을 안 적이 없는 것 같아요. 있는 그대로의 사실을 안 적이 없어요."

15:11 독백을 마친 꼬마는 꿇고 있던 무릎을 펴고 천천히 바닥에서 일어나 길 잃은 새끼 양처럼 방 안을 서성인다. 정신을 놓고 헤매다가 의자에 다리를 부딪힌다. 금방이라도 매, 하고 울 것 같은 얼굴.

입 안이 뜨겁다. 나는 혀의 열을 식히기 위해 누운 채로 사과를 집어 한 입 베어 문다. 과육에서 빠져나온 즙이 말라붙은 입 안을 적신다. 이상하다. 교회에서 준 사과가 이렇게 달아도 되는 건가.

합숙 종료 D-5 월요일
스티커를 받으려고 청소하는 척 시늉만 내는 사람에게

160

는 절대 스티커를 줄 수 없단다.

03:12 그런 게 아니었어요, 선생님.

03:13 눈이 떠진다.

03:14 초등학교 때, 학생이 뭔가 모범적인 일을 하면 선
생님이 포도송이 그림에 붙일 스티커를 나눠 준 적이 있
다. 그 수북한 포도알을 가장 먼저 채우는 사람은 나중에
표창장 같은 걸 받는다고 했다. 교실 뒤편 게시판에 나란
히 붙은 각자의 포도송이를 채우려고 어린애들치곤 내심
혈안이 되었던 것 같다.

어느 날, 한 아이의 제안으로 나를 포함한 몇몇이 쉬는
시간에 선생님 책상 주변을 함께 청소했다. 그러다 쉬는
시간이 끝나서 교실로 들어오던 선생님과 눈이 마주쳤는
데—단지 눈이 마주쳤을 뿐이다—선생님은 무릎을 꿇고
걸레질하는 나를 내려다보며 이렇게 말했다.

"스티커를 받으려고 청소하는 척 시늉만 내는 사람에게
는 절대 스티커를 줄 수 없단다. 알겠니?"

이곳의 고요함은 기억하고 싶지 않은 쓸데없는 일들까
지 모두 불러들인다.

05:15 월요일. 새로운 한 주의 시작. 비는 그쳤고 열도 많이 떨어졌다. 20년도 더 된 옛날 일이 떠오르는 걸 보면 몸이 많이 회복되었나 보다. 닷새 후면 드디어 합숙도 끝. 나는 찬물로 세수를 하고 나와 옷을 갈아입는다.

"아직 다 낫지도 않았으면서 아침 체조 나가요?"

깜짝 놀란 나는 티셔츠에 넣던 목을 다시 뺀다. 당연히 자는 줄 알았던 꼬마가 거무스레한 어둠 속에서 나에게 말을 걸고 있다. 꼬마답지 않게 목소리에 귀여움이 없다.

"해야 하는 거니까."

나는 셔츠를 마저 입고 운동장으로 나간다.

05:30 비가 온 직후라 그런지 하늘이 새 유리를 끼운 것처럼 청명하다. 물기를 머금은 운동장 잔디도 오늘 새벽 돋아난 새 생명 같다. 몸 안에 미열이 남아 있는 기분은 생각보다 나쁘지 않다. 공짜로 스테로이드제 같은 것을 투여받은 기분이랄까. 스테로이드제 같은 건 한 번도 맞아 본 적 없지만.

"어제 빗속에서 체조한 건 도대체 왜 그런 거예요?"

"의무실로 실려 갔다면서요? 근데 왜 나왔어요? 그냥 푹 쉬지."

뱀 같은 눈으로 나를 바라보는 아침 체조 멤버들의 얼굴이 고장 난 텔레비전 화면처럼 깨져 보인다. 이놈은 눈이 세 개로 조각나 있고 이놈은 코가 있어야 할 자리가 뻥 뚫려 있고 이놈은 무기 같은 이빨을 가지고 있고. 그런데 왠지 정상적인 얼굴보다 이런 식의 얼굴을 한 그들이 더 편하게 느껴진다. 모두 픽셀일 뿐이다.

06:40 방으로 돌아오니 꼬마는 언제나처럼 침대에 누워 있다. 그러나 예전처럼 세상모르는 깊은 잠에 빠져 있는 것은 아니다. 대신 표정을 읽기 어려운 얼굴로 천장을 올려다보고 있다. 눈시울이 붉다. 수건과 갈아입을 옷을 챙겨 욕실로 들어가는데 꼬마가 무거운 목소리로 나를 붙들어 세운다.

"우리 엄마, 죽을까요?"

나는 아무 대답 않고 욕실로 들어간다.

07:00 두부 부침을 하려고 프라이팬을 달구고 있을 때 누가 뒤쪽에서 소리를 지른다. 상관없는 일에 끼어들고 싶지 않아 무시하려는데 누가 다짜고짜 내 손을 붙들고 찬물에 집어넣는다.

"가스 불을 쓰면서 넋을 놓고 있으면 어떡해요? 손 괜찮아요?"

무슨 일인가 하고 보니 손바닥 피부가 빨갛게 부풀어 올랐다. 실수로 프라이팬 대신 내 손을 달군 건가. 그러나 자각할 만한 통증은 느껴지지 않는다. 아직 내 몸 안의 열이 더 뜨겁다.

"의무실 가 봐야 하는 거 아녜요? 화상 입은 것 같은데."

나는 벌게진 손바닥 안에 칼을 쥐어 잡고 두부를 써는 것으로 대답을 대신한다. 그곳엔 이상한 말을 하는 여자가 있다.

07:20 사수 강이 조리대 여기저기를 돌아다니면서 오늘 아침 메뉴는 뭐야? 하고 묻는다. 내 옆에 있던 3조는 간단히 토스트와 달걀 프라이만 만들고 있는데 강이 그걸 보고 좀 성의 있게 해라, 핀잔을 준다. 이어서 내가 있는 조리대 쪽으로 온 강은 오늘도 혼자야? 라고 묻는다.

"조장이잖아요."

내가 만드는 음식을 살펴본 강이 내가 먹을 것도 있을까? 라고 묻는다.

"지금까진 늘 우리 1조하고만 같이 먹었는데 이제 며칠 남지도 않았으니 다른 조들이랑도 식사를 해 봐야지. 여기 식당이 내 구역인데 이대로 헤어지면 되겠어?"

"아, 네. 물론이죠. 바로 준비하겠습니다."

나는 서둘러 파를 썬다. 마음이 급해진다. 반찬을 최소한 한 가지는 더 만들어야 한다.

07:30 자리에 앉아 있으라고 했는데도 강은 내 주변을 계속 서성이면서 다른 조원들의 협력 없이 나만 아침 식사를 준비하는 게 불공평하다고 말한다.

"괜찮습니다. 조장이니까 당연히 해야죠."

강은 그러지 말고 일도 하지 않고 늦게 내려와 밥만 먹는 사람은 식탁에 앉을 자격도 없다고 선포하라며 강경하게 나온다. 밥솥이 끓는 소리에 목소리가 묻히자 강은 싱크대를 두드리며 소리친다.

"조장의 본때를 보여 주라니까."

나는 큰 사발을 찾으려고 강에게서 등을 돌려 밑의 수납장으로 허리를 굽힌다. 왜 이렇게 웃음이 나는 걸까. 강의 언행이 거칠어지면 거칠어질수록 기분이 좋아진다.

계획에 없었던 달걀찜을 만들기 위해 달걀을 푼 사발을 들고 전자레인지 쪽으로 서둘러 걸어간다. 이것까지 끝내고 나면 최초의 성찬이 완성. 그런데 전자레인지 문을 여는 순간 누가 황급히 곁으로 다가와서는 고장이잖아요, 하고 재빠르게 속삭인다. 아차. 나는 강의 눈치를 살피면서 전자레인지 문을 닫고 다시 가스레인지 앞으로 돌아온다. 할 수 없이 달걀찜보다 더 빨리 만들 수 있는 달걀말이로 메뉴를 변경한다.

그걸 본 강이 묻는다.

"어쩐지 전자레인지는 아무도 안 쓰는 것 같네."

역시 사수 중의 사수. 나는 강이 전자레인지를 보러 가기 전에 얼른 그럴듯한 이유를 둘러댄다.

"좀 위험하잖아요. 가끔 폭발 사고도 있다니까."

다행히도 강은 흐음, 하는 소리만 낸 뒤 내가 만든 반찬들로 시선을 돌려 자취를 오래 했다더니 역시 음식 솜씨가 좋네, 하고 칭찬한다.

07:50 이제야 떠버리와 안경잡이가 식당으로 들어온다. 슬리퍼를 신고 있어서인지 오늘따라 걸음걸이가 어슬렁대는 것 같다.

"참 일찍들도 오십니다. 조장은 조원들 밥 해 먹이겠다고 아침부터 혼자서 땀을 뻘뻘 흘리고 있는데."

강이 비꼬듯 말하자 둘은 급하게 뛰어와 그릇과 수저를 챙기는 시늉을 한다. 그래 봤자 이미 늦었다. 사수 중의 사수인 강은 눈에 보이지 않는 나태까지 다 알고 있다.

08:00 밥에 뜸 들이는 일만 남았는데 여자1, 여자2가 식당으로 올라올 기미가 보이지 않는다. 떠버리한테 여자들을 못 봤느냐고 물으니 대신 옆에 있던 안경잡이가 참, 이라며 말한다.

"두 사람은 먹기 싫어서 오늘 아침은 안 먹는다던데."

다른 조들의 식사 준비 점검을 마친 강이 우리 쪽 식탁으로 걸어오는 게 보인다. 나는 마무리를 떠버리와 안경잡이에게 맡기고 얼른 2층으로 내려간다. 둘이 지내는 202호 앞에 가서 노크를 하고 기다리니 여자 1인지 2인지가 문을 열어 준다.

"아직까지 방에 있으면 어떡해요?"

"네? 뭐가요?"

"얼른 식당으로 와요. 다들 기다리고 있으니까."

"오늘 아침은 안 먹을 건데요."

"벌써 식사 준비 다 해 놨어요. 아침을 먹지 않을 거면 미리 말을 했어야지요."

"말했어요."

"누구한테요? 나는 들은 적이 없는데."

여자1은—이제 보니 여자1이다—아주 당연한 듯 안경잡이의 이름을 댄다. 건방지게 팔짱까지 끼고선.

나는 묻는다.

"우리 조 조장이 누구지?"

대답을 않는다. 다시 한 번 묻는다.

"우리 조 조장이 누구지?"

여자1은 아무 대답도 않고 서서 나를 바라보기만 한다. 화장을 안 한 여자의 얼굴은 어딘가 반항적이다. 욕실에서 나온 여자2가 무슨 일이냐고 물으며 문 앞으로 다가온다.

"나는 아무튼 그 얘기를 이제야 들었고 이미 식사를 다

만들어 놨으니까 둘 다 당장 식당으로 올라와. 다른 사람들 시간까지 낭비하게 하지 말고. 이건 조장으로서의 명령이야."

08:05 이것만으론 뭔가 모자라다. 완벽하지 않다. 오늘은 모든 게 완벽했으면 좋겠다. 완벽해야 한다. 식당으로 올라가던 나는 다시 발길을 돌린다. 완벽하게 하고 싶으면 완벽하게 만들면 된다.

1층으로 내려가 101호의 문을 두드렸다. 기다려도 문을 열어 주려는 기척이 없어 나는 그대로 문을 연다. 따로 잠가 놓지 않은 문은 그대로 열린다. 친구는 아까 식당에 올라온 것을 봤으니 방엔 회색 셔츠 혼자다. 잠을 자는 것도 아니면서 아무 하는 일 없이 침대에 누워 있던 회색 셔츠는 문이 열리는 소리에 내 쪽을 힐끗 쳐다본다.

"지금 식당으로 올래? 오늘은 다 같이 아침을 먹는 날이니까."

회색 셔츠는 따로 번역이라도 필요한 것처럼 내 말을 전혀 알아듣지 못한 표정. 잠시 뒤 겨우 해석을 했는지 고개를 내젓는다.

"난 아침 안 먹는데."

"알아. 그래도 오늘은 특별한 날이니까 우리 조원은 한 명도 빠지지 않고 다 함께 밥을 먹어야 해."

"특별한 날? 무슨 특별한 날?"

방에만 틀어박혀 있으니 그런 걸 알 리가 없다.

"1조 사수가 우리 조랑 같이 아침 식사를 하기로 했거든. 지금 기다리고 있어."

"뭐?"

별안간 회색 셔츠가 큰 웃음을 터뜨린다. 엄청나게 웃기는 코미디라도 본 것처럼 숨도 못 쉰다. 졸지에 나는 원치 않은 코미디언이 된다.

"뭐야, 그깟 게 무슨 특별한 날이라는 거야."

나는 아무 말 않고 문 앞에 서 있다. 발가벗겨져서 맨몸에 온통 붉은색 칠을 당한 기분. 내 침묵을 알아챈 회색 셔츠가 서서히 웃음을 멈춘다. 그러고선 웃음기가 완전히 사라진 얼굴로 나를 빤히 바라본다. 저 눈빛.

08:10 저 눈빛…….

08:11 저 눈빛을 어디서 봤더라. 그런데 그 순간, 계속 저항할 것 같았던 회색 셔츠가 마음이 바뀌었는지 순순히 침대에서 일어나며 그래, 갈게, 한다. 나를 못박아 두었던 그 눈빛은 어느새 자취를 감췄다. 방을 나온 회색 셔츠는 아무 말 않고 잠자코 나를 뒤따라온다.

08:15 일곱 명이 마주 보고 앉는데 강이 나에게 이쪽으로 오라며 자신의 맞은편 자리를 권한다. 강은 조장을 어떻게 대우해 줘야 하는지 확실히 알고 있다. 함께 온 회색 셔츠는 알아서 끝자리에 가 앉는다.

강이 음식 맛이 좋다고 칭찬을 하니 여자 1과 2는 아까 전의 시큰둥한 표정을 말끔히 지우고 네, 정말 맛있어요, 라고 맞장구를 친다. 안경잡이와 떠버리도 내 덕에 매일 아침밥을 먹는다고 치켜세워 준다. 회색 셔츠는 별 말은 없지만 아침은 체질에 맞지 않는다고 한 것치고는 밥을 잘 먹는다. 먼저 식사를 마친 다른 조 사람들이 강에게 들러 먼저 가 보겠습니다, 인사하고 식당을 나간다. 그들의 눈빛은 우리를 부러워하면서도 두려워하고 있다.

08:30 식당이 조용해지자 강이 조금 뒤에 있을 본부장의 강연에 대해 입을 연다. 그의 성격이 어떤지, 취향이 어떤지, 어떤 인재를 좋아하는지. 모두 움직임을 멈춘 채 강이 하는 한 마디 한 마디에 집중한다. 일곱 명이 둘러앉은 식탁이 어느새 작은 교실이 된다. 식당의 넓은 창으로 환한 햇살이 쏟아져 들어온다.

강이 무슨 말을 할 때마다 다들 소리 내어 쾌활하게 웃는다. 안경잡이와 떠버리, 여자 1과 2, 회색 셔츠까지, 모두 순수하다. 빛을 받은 하얀 치아가 진주처럼 반짝인다. 비참하게도 오직 내 입술만 바짝 붙은 채 떨어지지 않는다. 오직 나 혼자만 치아가 없는 병자처럼 입술을 오므린다. 노력해도 웃음이 잘 나오지 않는다. 저들이 이해되지 않는다. 어떻게 저렇게 웃을 수 있는 걸까. 어떻게 하면 이곳에서 저렇게 마음을 놓을 수 있는 걸까. 나는 혼자가 되지 않을 만한 미소 비슷한 것만 띤 채 주위를 조심스레 관찰한다. 작은 국그릇 안에 이는 파장을, 조그만 숟가락에 전해지는 알 수 없는 진동을.

08:50 "다시 그림을 그리는 건 어때?"

나는 송이에게 네가 다시 그림을 그렸으면 좋겠다고 솔직하게 말했다. 이사의 비서를 하며 남이 그린 그림 따위를 사는 일이 아니라, 네가 직접 네 그림을 그렸으면 좋겠다고.

"바보 같은 소리 마. 이제 와서 어떻게 다시 그림을 그릴 수가 있어."

정식으로 입사해 월급을 받으면 물감이나 붓, 종이는 얼마든지 내가 사 줄 수 있다. 다달이 빠져나가는 세금 같은 거라고 생각하면 된다. 그런데 송이는 물감이나 붓, 종이의 문제가 아니라고 한다.

"그럼 뭐가 문제지?"

송이는 나,라고 대답한다.

"내가 문제야. 더 이상 그림을 그릴 수 없는 나."

송이는 내 통화와 다른 일을 동시에 하고 있는지─아마도 달력을 확인하며 이사의 스케줄을 조정하는 일일 거다─작은 목소리로 날짜와 요일을 중얼거린다. 송이는 정말로 그곳에 꽤 익숙해진 것 같다.

"이번엔 보스가 자기네 집 거실에 걸 만한 그림을 하나 봐 달라고 했거든. 어떤 게 좋을까?"

나는 송이가 그린 그림들 말고 다른 그림은 잘 알지 못한다. 내가 대답을 않자 송이는 누드화를 추천해 줄까? 이왕이면 에곤 실레 풍으로 말이야, 라면서 웃는다.

09:10 방으로 돌아왔는데 꼬마는 아침에 내가 식당으로 올라갈 때와 하나도 달라지지 않은 모습이다. 평소대로라면 아침을 먹고 돌아온 뒤 집에 전화를 걸어 자신의 아침 메뉴와 가족의 아침 메뉴를 하나하나 비교해 가며 병원 식단까지 캐묻고 있는 게 정상인데. 기운을 잃은 꼬마 탓에 꼬마의 전화기도 잠시 코마 상태다. 나는 꼬마 따위야 하고 싶은 대로 하도록 내버려 둔 채 양복으로 갈아입는다. 본부장의 강연을 위해 오늘은 정장을 해야 한다. 순간, 꼬마가 몇 시간 만에 처음으로 입을 열고 말한다.

"아무래도 저…… 여길 나가야 할 것 같아요."

넥타이 매듭을 만들던 나는 잠시 손을 멈춘다. 꼬마의

말이 이해가 되지 않는다. 여기가 자기 결정에 따라 마음 대로 들어오고 나갈 수 있는 곳이란 말인가? 꼬마는 뭔가 단단히 착각하고 있다.

"연수가 아직 닷새나 남았는데 어떻게 네 마음대로 나간 다는 거야? 여긴 그렇게 할 수 있는 데가 아니야."

내 말을 들은 꼬마가 침대에서 일어나 앉는다. 구유 속 아기 같던 얼굴이 하룻밤 새 모든 고난을 겪고 십자가라도 짊어진 듯 처참하다.

"하지만 이대로 가만히 있을 수가 없어요. 여기 있으면 계속 불안한 생각이 들어요."

"불안한 생각? 어떤 불안한 생각?"

"다요, 전부 다……. 계속 말을 바꾸는 엄마, 아빠, 누나 들. 제가 알고 있던 우리 가족이 아닌 것 같아요. 나만 떨어 뜨려 놓고 자기들끼리만 뭔가를 꾸미고 있어요. 말로는 내 가 가장 중요하다면서 안심시키지만 그 말을 들으면 더 불 안해지기만 해요……. 어젯밤엔 갑자기 이런 생각이 들었 어요. 이러다간 엄마가 죽어도 나 혼자만 영영 그 사실을 모르는 건 아닐까, 하는. 엄마가 여행을 가서, 사실 제가 지 난번에 나이아가라 폭포 얘기를 한 게 있어요, 그러니까 아빠랑 누나들이 그걸 이용해서 엄마는 나이아가라 폭포 를 보러 갔다가 그곳이 너무 좋아서 이제 집으로 돌아오지 않겠다고 했다는 거짓말을 할 수도 있겠단 생각이 들어요.

도대체 왜 이런 불안감이 몰려오는 걸까요. 왜 갑자기 이렇게 돼 버린 거죠? 이 지경이 되도록 나는 아무것도 모르고 있었어요."

그토록 꼬마를 안심시켜 주었던 아버지, 엄마, 누나들이 이젠 꼬마를 가장 불안하게 만드는 존재가 되어 버렸다. 세상의 모든 것을 믿던 꼬마가 한순간에 아무것도 믿지 못하는 불안한 녀석으로 바뀌어 버리다니. 쉽군. 그게 이렇게나 쉬운 일이라니.

나는 해결할 수 없는 일은 잠시 제쳐 두고 해결할 수 있는 눈앞의 일을 위해 얼른 씻고 나올 것을 권유한다. 꼬마는 강연 따위는 전혀 안중에도 없다는 식으로 다시 침대에 누워 버린다.

10:00 진행을 맡은 사수 강은 본부장이 회사에서 얼마나 중요한 인물인지를 청중에게 여러 번 각인시키고 난 뒤 본부장을 소개한다. 연단 위로 올라온 본부장은 신문이나 TV의 경제 프로그램에서 활약하는 비즈니스맨의 전형적인 모습을 하고 있다. 실제 본부장이 스케줄이 꽉 차서 이 자리에 대리인을 보냈다 한들 우리 중 누가 눈치챌 수 있을까.

"여러분은 이제 막 시작점에 선 러너들입니다. 마라톤 경기를 한번 떠올려 보세요. 언제 가장 꿈이 클까요? 반환점을 돌았을 때? 49킬로를 달려와 드디어 피니시 라인에 다다랐을 때? 글쎄요. 어쩌면 축포가 울리기 전, 출발선에 서 있을 때 아닐까요? 아직 선 밖으로 발이 나가지 않았을 때, 준비 자세를 하고 있을 때, 전년도 우승 선수와 어깨를 맞대고 서 있는 그때, 어쩌면 그 순간 가장 큰 포부와 꿈을 안고 있는지도 모릅니다."

본부장은 마이크를 떼고 한 박자 쉰 다음 말을 잇는다.

"여러분도 가슴속에 저마다 그런 꿈을 품고 있겠죠? 뭐가 됐든 한 번쯤 이 사회에서 최고가 되고 싶다는. 최고. 그렇다면 그 최고라는 건 어떻게 될 수 있는 걸까요?"

목을 꺾어 하늘을 올려다보는 것 같은 본부장의 이야기. 도대체 여기서 누가 최고 따위를 바랄 수 있단 말이지?

"그 전에, 제가 만난 한 남자 이야기를 먼저 하는 건 어떨까요? 제가 알고 있는 최악의 영업 맨에 대해."

내 옆에 앉은 남자는 들고 있는 조그마한 수첩에 '최악의 영업 맨'이라고 적은 뒤 느낌표를 다섯 개나 찍는다.

10:30 "그러니까 그게 1990년대 초반이었을 겁니다. 당시 대리였던 저는 외근을 마친 뒤 회사로 돌아가려고 버스를 탔습니다. 그러다 그곳에서 휴대전화로 통화를 하는 한 남자를 보았습니다. 그때만 해도 휴대전화는 무척 신기한 물건이었죠. 버스가 조용하기도 했지만 남자의 목소리가 워낙 또렷해서 버스 안 승객들은 반 강제로 남자의 통화 내

용을 듣게 되었습니다. 저도 물론 그중 한 명이었고요. 남자는 자기 형임 직한 사람과 통화하며 안마기 이야기를 나누고 있었습니다. 남자가 사 준 안마기를 쓴 뒤로 어머니의 고질병이었던 허리 통증이 깨끗이 나았다는, 그런 얘기였습니다. 그 얘기를 전해 들은 남자는 설마하면서도 어쨌건 자기가 사 드린 안마기로 어머니 병이 나았다니까 기분 좋게 전화를 끊더군요. 그렇게 남자가 전화를 끊는 순간, 옆에 앉아 있던 할머니가 뭐라고 했는지 예상이 됩니까?

(……그 안마기, 어디서 구입할 수 있죠?)

그 안마기 어디서 구입할 수 있나요? 그러더군요. 그건 시작에 불과했습니다. 할머니를 필두로 버스 안에 있던 다른 중노년층 승객들이 모두 남자 주위로 몰려들어 그 안마기를 어디서 어떻게 구입하면 되느냐고 물었습니다. 어떤 사람들은 내릴 정류장을 지나쳤다면서 얼른 구입처나 전화번호를 알려 달라고 성화였죠. 영업 맨으로서의 본능일까요, 저는 자동적으로 그 남자에게서 전화번호를 받아 간 사람들 수를 세었습니다. 열여섯 명, 정확히 열여섯 명이었습니다. 총 스물한 명인 승객들 중 구매 능력이 없는 아이들이나 타깃층이 아닌 젊은이들을 제외하고 나면 거의 모든 사람이 그 안마기에 관심을 보인 것입니다. 그 정도면 정말 놀랄 만한 반응이죠? 문득 호기심이 일더군요. 저는 내려야 할 정류장도 지나친 채 그 남자가 내리는 곳에서 함께 하차했습니다. 그러고는 비록 살 생각은 아니었지만 그 남자에게 접근해서 저도 그 안마기 구입처 번호를 알 수 있겠느냐고 물어보았죠. 그 남자는 선뜻 그곳 전화번호를 적어 주었습니다. 그 순간 저는 그 남자가 단순한 버스 승객이 아니었다는 것을 알아차렸습니다. 그는 저와 같은 영업 맨이었습니다. 안마기 영업 맨. 근거는 단 하나. 평범한 사람이 안마기 구입처 번호 같은 것을 외우고 있을 리가 없기 때문입니다. 저는 넌지시 물었죠.

오늘은 몇 대나 팔았습니까?

남자는 저 역시 자기와 같은 부류라는 것을 직감했나 봅니다. 저의 기습적인 질문에 조금도 당황하는 기색 없이 대답하더군요.

오후 세 시 현재까지 받은 예약은 45대. 하지만 시작에 불과하죠, 밤에는 몸이 더 쑤시는 법이니까.

남자는 호쾌하게 웃은 뒤 반대편 방향의 버스 정류장을 향해 걸음을 옮겼습니다.

(……세일즈 킹?)

어떻습니까? 상품 성격에 들어맞는 판매 전략과 대담한 행동력, 그리고 미래에 대한 낙관적인 전망까지, 영업 맨이 갖춰야 할 완벽한 자질 아닙니까? 그런데 왜 저는 이 뛰어난 남자를 제가 만난 최악의 영업 맨이라고 했을까요?"

본부장은 아예 마이크를 내려놓고 앞에 앉은 우리를 두

루 둘러본다. 대답하는 사람은 아무도 없다. 애초부터 본
부장만이 알고 있는 답. 본부장은 어느 시절의 누군가를
비웃는 것 같은 미소로 입을 연다.

"정작 자기 자신을 영업하지는 못했기 때문입니다. 자
기 자신이 있어야 할 곳을 제대로 찾지 못한 거예요. 장담
하건대, 벤츠 회사에 들어갔으면 그 남자는 벤츠 판매왕도
됐을 겁니다. 전투기 같은 것은 못 팔았을까요? 10년쯤 지
나서인가, 평소엔 전철을 탈 일이 없지만 그날은 워낙 길
이 막혀 전철을 탔는데, 우연인지 운명인지 그곳에서 그
영업 맨을 다시 만났습니다. 한눈에 알아봤습니다. 슬프게
도 안마기보다 더 시시한 걸 팔고 있더군요. 여자 스타킹.
그런데 그보다 더 슬픈 게 뭐였는지 아십니까? 그가 여전
히 영업 맨으로서의 완벽한 자질을 갖추고 있었다는 사실
입니다. 여자 스타킹을 직접 신고 다니면서 승객들에게 보
여 주더군요. 남자의 거친 다리에도 끄떡없이 견디는 고급
스타킹이라고 소리치면서."

기록에 충실한 옆의 남자는 '최악의 영업 맨!!!!!'이라
고 적어 놓은 위에 느낌표보다 많은 ×를 덧그린다.

"여러분은 이 남자와 같은 우를 범하지 않아야 합니다.
최고가 되기 위해선 먼저, 지금 있는 곳이 자신이 최고로
성장하기 위한 곳인지를 살펴봐야 해요. 구석구석 천천히
잘 둘러보세요. 여기가 정말 내가 찾던 그곳이 맞는지를."

11:00 질의응답 시간이 되자 다들 경쟁하듯 손을 든다. 저 중에 정말로 궁금한 게 있어서 손을 드는 사람이 있을까 싶지만 어쨌든 나도 왼쪽 손을 들고 본다. 오히려 지금으로 선 손을 들지 않는 게 더 눈에 띌 것이다. 뒷줄에 앉은 3반 남자가 지목되자 다들 아쉽지도 않으면서 아쉽다는 듯 탄식을 뱉으며 손을 내린다. 질문을 들은 본부장은 양어깨를 뒤로 젖힌 채 시큰둥한 표정을 짓는다.

"요즘은 어딜 가나 비슷비슷한 질문을 하네요. 이런 곳에 한 번씩 올 때마다 정보의 공유가 사람들을 얼마나 획일화하고 있는지 느껴져서 참담해요. 젊은 사람들은 특히나 더."

3반 남자의 얼굴이 하얗게 질린다. 역시 첫 타자는 희생양이 될 가능성이 크다. 지루한 질문이니만큼 본부장의 대답도 간단하다. 사수 강은 얼른 다음 타자를 지목한다.

11:25 "모두들 면접을 통과해서 이 자리에 있는 게 확실하죠? 탈락자들이 모여서 패자 부활전을 하고 있는 건 아니죠? 여성을 볼 때 어떤 점을 가장 중요하게 생각하느냐니, 대학생들 미팅 때나 들을 법한 질문이네요. 심지어 요즘 미팅도 아니고 제가 대학에 다닐 때 미팅. 여성뿐만 아니라 남성도 자신의 사생활에 관한 질문은 성희롱으로 느

179

낄 수 있다는 것을 숙지하시기 바랍니다."

얼굴이 붉어진 여자1은 뭔가 더 추가 설명을 하려다가 여자2가 팔을 끌어당기며 말리자 이내 자리에 앉는다. 자신만만했던 타자들이 연이어 삼진을 당하며 모두 물러나고 있다. 불펜에 있는 후보들의 기개도 조금씩 수그러들고 있다. 본부장은 간지러운지 턱을 긁더니 애먼 곳을 올려다본다. 그의 관심은 앞에 앉은 우리보다도 턱을 물고 간, 눈에 보이지 않는 작은 벌레에 더 쏠려 있다. 강은 점점 가라앉는 분위기를 어떻게 수습해야 할지 몰라 애를 먹고 있다.

"자, 다음 질문할 분."

줄곧 손을 들고 있던 옆 남자가 슬그머니 손을 내린다. 아무리 수첩을 앞뒤로 뒤져 봐도 그럴듯한 질문은 없는 모양이다. 우리의 잘못인가, 본부장의 잘못인가. 이 분위기를 역전시킬 자신이 없는 한 강연이 끝날 때까지 숨을 죽이고 있는 게 현명하다. 진작부터 손을 내리고 있던 나는 목을 움츠리며 자연스럽게 존재감을 줄인다.

"거기. 정장 입은 친구."

……?

"그래, 거기. 마이크 좀 전해 주세요. 혼자만 멋지게 정장까지 하고 왔는데 기회를 안 줄 수 없지."

11:30 우리는 선택받고 싶지만 동시에 선택받고 싶지

180

않다.

하느님. 하느님은 결국 카인도 아벨도, 아무도 행복하게 해 주시지 못했잖아요.

11:31 강이 나를 지목하고 있다. 나는 손을 들고 있지 않았다. 그런데도 강은 나를 가리키고 있다. 앞줄에 있던 마이크가 나에게 다가온다. 강이 미소 짓는다.

그는 이게 지금 나를 도와주는 거라고 생각하는 건가? 나를 질문자로 일으켜 세우는 게 아침을 대접받은 보답이라고? 이런 식으로 나를 곤경에 빠뜨리는 게?

모든 사람이 나를 주목하고 있다. 본부장은 자기 턱을 물고 간 벌레처럼 나를 바라본다. 나는 마이크를 건네받은 뒤 자리에서 일어난다. 나는 본부장의 어떤 것도 궁금하지 않다. 그의 생각, 취향, 경력, 활동, 삶과 죽음, 내가 그런 것들을 궁금해할 이유가 뭐가 있지. 그러나 나는 궁금해해야 한다. 의무적으로.

"……몇 년 전 본부장님이 주도적으로 지휘했다가 실패한 과자 시리즈에 대해서 여쭙겠습니다."

11:32 "본부장님은 당시 회사 주가를 떨어뜨릴 만큼의 큰 실패를 겪으셨습니다. 실패한 프로젝트 책임자로서 본부장님이 물러나야 한다는 여론이 컸던 걸로 알고 있습니

다. 그런데도 회사에서는 본부장님을 해고하는 대신 지금 자리에까지 오를 기회를 다시 주었습니다. 본부장님은 그 이유가 어디에 있다고 생각하십니까? 본부장님의 어떤 자질 때문에 회사가 계속 함께하기로 한 것인지 궁금합니다. 그리고 만약 본부장님이라면 그렇게 큰 실수를 저지른 부하 직원에게 기회를 한 번 더 주실 것 같습니까?"

나에게 쏠렸던 모두의 시선이 본부장에게로 옮겨 간다.

"곤란하면 대답하지 않으셔도 됩니다. 단, 이건 모험인지라, 면접에 불합격할 건 각오하셔야 할 겁니다."

내가 부릴 수 있는 극한의 재치. 이제 모든 판정은 본부장의 얼굴에 달려 있다. 그는 지루한 듯 턱을 긁을까, 아니면 얼굴을 찌푸릴까.

"뭐야, 강연인 줄 알고 왔는데 사실은 내 면접을 보고 있었던 거야? 자네들이? 하하하."

천금 같은 웃음소리.

"용감한 친구네. 제가 원하는 인재가 바로 저런 친굽니다. 정보에 무작정 휘둘리지 않고 자기 생각을 갖춘 친구. 거기에다 대담한 유머 감각까지."

11:40 본부장의 목소리가 강연장 가득 울려 퍼진다. 옆자리 남자는 다시 본부장이 하는 한 마디 한 마디를 바쁘게 받아 적는다. 슬프지만 도태된 자는 이렇게라도 뒤쫓아 가

야 한다. 나는 귀를 막고 있다. 본부장이 하는 말은 한 마디도 귀에 들어오지 않는다. 그의 대답은 아무런 가치도 없다. 그는 벙어리 가수처럼 입을 벙긋벙긋거리고 서 있을 뿐이다. 강에게 선택당한 순간 느꼈던 공포감과 본부장 얼굴에 웃음이 번지던 순간의 안도감이 충돌해 온몸에 전율이 인다.

12:00 다들 자리에서 일어나 본부장에게 박수를 보낸다. 그는 우리 모두를 곧 본사에서 만날 수 있길 바란다는 축사를 남기고 연단에서 내려간다. 그의 퇴장과 함께 박수 소리도 잦아들지만 나는 마지막까지 남아 빈 무대를 향해 박수를 친다. 본부장을 위한 게 아니다. 임무를 훌륭히 해낸 나 자신에게 보내는 찬사다.

설렘의 여운을 안고 강연장을 나오는데 갑자기 여자1과 여자2가 내 앞을 가로막고 선다. 두 사람은 단단히 화가 난 얼굴이다. 본부장에게 공개적으로 질책을 들어서 마음이 상한 모양이다. 그러나 사회생활을 한다는 자들이 이렇게나 감정적이 되다니. 나는 조장답게 둘의 기분을 풀어 주기 위해 말을 건다.

"생각보다 강연 괜찮았지? 본부장님 말에 너무 상처받지 마. 초반에 분위기가 안 좋다 보니까 그런 거지 특별히 유감이 있어서……."

여자1이 내 말을 끊으며 묻는다.

"아까 그 질문 말이에요, 그거 허락받고 한 건가요?"

나를 향한 여자1의 날 선 목소리가 이해되지 않는다.

"무슨 허락?"

여자1, 여자2가 긴 머리를 동시에 어깨 뒤로 넘기면서 한목소리로 따진다.

"아까 그 질문, 그거 본인이 생각해 낸 질문 아니잖아요. 우리가 모를 줄 알았어요?"

우리가 길을 막고 있었는지 지나가던 사람들이 무슨 일이에요? 하고 물으며 관심을 보인다. 나는 길을 비켜 주며 두 사람을 입구 옆의 한적한 곳으로 데리고 간다.

여자1이 계속해서 따진다.

"아이디어도 엄연한 지적 재산권인데 그렇게 함부로 가져가서 쓰는 건 도둑질 아닌가요?"

"맞아요. 요즘 같은 세상엔 아이디어를 훔치는 게 물건 훔치는 것보다 더 나쁜 도둑질이라고요."

비슷하게 생긴 이 두 어린 여자애들은 왜 항상 세트로 다니면서 아무 도움도 안 되는 일들을 벌이는 걸까.

"받았어. 허락."

"정말요?"

나는 고개를 끄덕인다.

"언제요?"

끈질기긴.

"······너희 둘이 그때 질문 한 가지를 공유하겠다고 했잖아. 우리도 그날 그렇게 하기로 한 거야."

여자1, 여자2는 내가 거짓말이라도 한다는 듯 미심쩍은 눈초리다.

"못 믿겠으면 직접 가서 물어보든가."

나는 여자 1, 2를 한쪽으로 밀어 버리고 먼저 숙소로 돌아간다. 둘은 아직도 할 얘기가 있는지 등 뒤에서 뭐라고 계속 속닥거리고 있다. 저 둘이 쓸데없는 일을 벌이기 전에 내가 먼저 행동해야 한다.

12 : 20 "별건 아닌데 그래도 혹시 오해할 수도 있겠단 생각이 들어서요."

문이 열리는 순간, 나는 먼저 친구의 안색부터 살폈다. 편안한 미소로 나를 맞이하는 친구의 얼굴에서 평소와 다른 점이라곤 전혀 눈에 띄지 않는다.

"사실은 아까 내가 하려던 질문이 따로 있긴 했는데, 지난번에 식당에서 나눈 얘기를 인상 깊게 들었거든요. 다른 사람들도 알면 좋을 만한 질문인데 발언 기회조차 없다는 게 아깝다는 생각이 들더라고요. 그래서 어차피 오픈된 자리에서 나온 얘기니까 내가 대신 해도 되겠지, 그렇게 생각했어요."

친구는 원래 있는 미소에 더 부드러운 웃음을 보탠다.

"난 또 무슨 얘기라고. 그런 거 누가 하면 어때요."

몸을 조여 오던 모든 근육이 풀리는 느낌이 든다.

"혹시 기분이 상하거나 한 건 아니죠?"

친구는 내 어깨를 툭 치며 전혀요, 라고 대답한다. 그의 미소나 행동에는 조금의 거짓도 없다. 못된 계집애들. 세상 사람들이 다 자기 수준인 줄 알고.

아무튼 미리 말했어야 하는 건데, 내가 다시 한 번 정식으로 양해를 구하니 친구는 뭘 그런 걸 미리 말하고 말고 해요, 라며 오히려 내 기분을 신경 써 준다.

"다른 사람들은 우리처럼 생각 안 할 수도 있잖아요. 왠지 요즘 들어 다들 예민한 것 같기도 하고."

"신경 쓰지 마요. 누가 뭐라고 하든. 자기 자신이 떳떳하면 무슨 문제예요."

"그렇긴 하죠."

"그건 그렇고, 한번 봐 봐요."

친구가 내 주위를 돌며 감탄한다.

"이야, 멋져요. 그런데 어떻게 정장까지 입을 생각을 했어요? 난 정장 같은 건 아예 가져오지도 않았는데."

"그냥 면접 다닐 때 입던 거 한번 가져와 본 거예요. 필요한 일이 있을지도 모르니까."

"역시, 최고예요. 그런데 오늘 같은 날엔 좀 덥지 않아

186

요?"

"더워도 참아야죠, 오늘 같은 날이니까."

친구와 인사를 나누며 헤어지려는 순간, 뒤편 침대에 누워 있던 회색 셔츠의 시선과 내 시선이 부딪친다. 회색 셔츠는 친구의 어깨 위로 나를 물끄러미 바라본다. 지나치게 오래 바라본다. 저 눈빛.

회색 셔츠가 몰래 엿들은 건 아니지만 그래도 이런 상황에서 미처 신경 쓰지 못한 제삼자가 있었다는 것에 기분이 불쾌해진다. 문을 닫고 얘기했어야 했다. 더 신중했어야 했다. 그러나 회색 셔츠가 곧 아무 일도 아니라는 듯 먼저 시선을 돌린다. 나도 발길을 돌려 내 방으로 돌아간다. 그렇다. 아무 일도 아니다.

합숙 종료 D-4 화요일

08:00 봉사 활동을 떠나는 아침인데 꼬마는 아무런 채비도 하지 않고 침대에 누워 있다. 이제는 봉사 활동에도 참여하지 않을 생각인가 보다. 계속 이런 상태라면 꼬마가 스스로 나가기 전, 그들이 먼저 꼬마를 내쫓아 버리지 않을까.

"이것 좀 빌려 쓸게."

꼬마는 아무 반응이 없다. 나는 거울 앞에 서서 선크림을 바른다. 확실히 이 하얀 크림을 얼굴에 바르면 마음속

187

어딘가가 안도되는 기분이다.

08:30 이제 두 번밖에 남지 않은 봉사 활동. 그 말인즉
슨, 내가 공개적으로 조를 지휘할 수 있는 기회도 두 번밖
에 남지 않았다는 뜻이다. 너무 늦게 조장이 된 탓에 능력
을 보일 기회를 많이 빼앗겼다. 그러나 내 머릿속엔 압축
된 계획이 짜여 있다. 설계도가 구축되어 있다. 조그만 사
고나 은밀한 태업, 단 한 명의 이탈자도 나와서는 안 된다.
절대 허용하지 않을 거다. 나는 아이스박스를 들고 복도를
거쳐 운동장으로 나간다. 태양은 벌써부터 오늘을 즐기고
있다.

08:50 운동장 한쪽에 우리 조원들이 모여 있는데 여
자1의 모습이 보이지 않는다. 여자2에게로 가서 여자1이
어디 있느냐고 물으니 나를 힐끗 돌아다본 뒤 몸이 안 좋대
요, 라고 한다. 어디가 안 좋은지, 어떻게 안 좋은지, 얼마만
큼 안 좋은지, 다른 추가 설명 없이 고개를 홱 돌려 버린다.

나는 일단 다른 조원들에게 먼저 버스에 올라가 있으라
고 한 뒤 얼른 202호로 뛰어간다. 문을 세차게 두드린다.
여자1이 문을 열어 주며 어쩐 일이에요? 하고 묻는다. 화
장품 냄새를 풍기는 얼굴에서 아픈 기색이라곤 조금도 찾
아볼 수 없다.

"옷 갈아입고 얼른 나와. 곧 버스가 출발할 테니까."

"오늘 못 가요. 몸이 안 좋아서 봉사 활동 못 간다고 전해 달랬는데, 못 들었어요?"

"어디가 아픈데? 아침도 잘 먹었잖아."

"그건 그거고요."

"갑자기 아프다는 게 이상하잖아. 보기엔 멀쩡한 것 같은데."

"그런 게 있어요. 내가 그쪽한테 그런 것까지 일일이 보고해야 돼요?"

여자1은 나를 잡상인 취급하며 문을 닫으려고 한다. 나는 닫히는 문을 발로 저지한다.

"왜 이래요, 진짜."

"거짓말 마."

"무슨 거짓말요?"

"아프지도 않으면서 거짓말하는 거잖아."

"내가 아프다는데 왜 그쪽이 아니라고 난리예요?"

"그러니까 어디가 아픈지 말해 보라고."

"내 프라이버시를 내가 그쪽한테 왜 얘기해요? 진짜 웃기는 사람이야."

여자1이 나를 밀어 내며 문을 닫으려고 한다. 나는 손으로 문을 부여잡은 뒤 여자1 가까이 얼굴을 들이민다.

"또 생리통 핑계를 댈 셈이야?"

안경잡이는 여자의 거짓말에 쉽게 넘어가 주었지만 나는 속지 않는다.

"그 핑계만 대면 세상 모든 남자들이 다 이해해 줄 줄 알고?"

나에겐 물증도 있다.

"넌 지난주에 생리를 했잖아. 그때도 그 핑계로 봉사 활동을 빠졌지. 그런데 오늘 또 생리를 한다고? 뭐야, 네 몸은 봉사 활동 가는 날에만 반응하는 특수한 몸인가?"

여자1은 입고 있는 옷의 단추가 모두 풀린 것 같은 눈으로 나를 바라본다. 흥분한 건지 화가 난 건지 가슴이 크게 들썩인다. 사람은 자기 거짓말이 들통 날 때 수치심과 복수심 중 더 강한 쪽 감정에 휩쓸린다던데. 이 여자는 어느 쪽일까. 얼굴이 붉어지는 것을 보니 역시 수치심 쪽인가.

"어쩐지 처음부터 마음에 안 들었어. 왜 당신 같은 사람을 뽑아 줬는지 모르겠어."

여자1은 운다. 상황을 회피하기 위해 생리통에 이은 또 다른 수법을 쓰는 거다. 게다가 내 운으로 조장이 된 걸 자기가 뽑아 줬다는 이상한 착각까지 하고 있다. 나는 사사로운 감정 없이 내가 맡고 있는 직책을 다시 한 번 분명히 밝히며 명령한다.

"네 마음에 들지 않아도 난 조장이야. 조장으로서, 당연히 조원들 한 명 한 명을 관리해야 할 권한과 의무가 있어.

나를 일부러 방해하려는 게 아니라면 지금 당장 따라 나와. 어서."

09:25 여자1을 앞세우고 버스에 오르니 조원들이 놀라움과 경외감, 두려움이 깃든 표정으로 나를 올려다본다. 천이 우리 조는 전원 참석이네, 라고 말한다. 다들 내가 어떤 사람인지 똑똑히 알았을 것이다.

10:15 이럴 수가. 어떻게 이런 일이. 도대체 누가 이런 짓을……

10:16 그동안 쌓아 올렸던 벽돌들이 다 무너져 내렸다. 남아 있는 거라곤 세 층도 안 되는 기단뿐. 차라리 그것마저 무너지는 편이 더 나을 뻔했다. 간신히 살아남은 몸의 일부분이 생존을 더 비참하게 만든다. 다들 할 말을 잃고 폐허 앞에 멍하니 서 있기만 한다. 먼저 온 봉사 단원들도 일을 시작할 엄두를 내지 못하고 뒷짐 진 자세로 하늘만 올려다본다. 마을 주민들 말에 따르면 일요일에 내린 폭우로 이 지경이 되었다고 한다. 다른 집들은 다 무사한데 이 건축 현장만 지반을 건드려 놓은 탓에 쑥대밭이 된 거라고. 마음 약한 노인들은 또다시 수마에 속수무책으로 당했다며 절망에 빠져 흐느낀다.

나는 그들의 증언을 믿을 수 없다. 일요일에 내린 비가 이렇게나 강력했던가? 나는 그 비를 온몸으로 직접 경험했지만 다치지도, 쓰러지지도 않고 온전히 살아남았다. 뒷덜미에 남아 있는 약간의 열만 제외하면 그 비바람은 아무런 영향도 끼치지 못했다. 시멘트와 벽돌이 나보다 약할 리가 없다. 사리에 어두운 노인들은 자꾸만 자연을 탓하며 인간의 힘으론 어쩔 수 없는 일이라고 한다. 나는 그 말을 믿을 수 없다.

11:00 사람들은 아직도 우왕좌왕하고 있다. 아무도 감히 일을 시작할 엄두를 내지 못한다. 사수들마저도 손을 놓은 채 어딘가로 계속 연락만 취하고 있다. 괜히 쓸모없는 일에 지금껏 힘만 뺀 거잖아, 라는 불만이 여기저기서 들려온다. 이왕 이렇게 된 것, 아예 모조리 부숴 버리는 게 나아, 하는 반동분자들도 있다. 이때다.

나는 앞으로 뛰어나간다. 먼저 토사를 치우고 무너진 벽돌을 한쪽으로 정리한다. 작업을 재개하려면 발에 걸리는 게 없도록 주변을 깨끗이 하는 게 좋다. 뒤에서 수군대는 소리가 들리지만 신경 쓰지 않는다. 벽돌은 벽돌끼리, 다른 자재들은 자재들끼리 모은다. 깨진 벽돌 중 쓸 수 있는 것은 재활용하고 안 되는 것들은 버린다.

눈치를 살피던 사람들이 하나둘 각자가 맡은 구역으로

뛰어간다. 수상한 구름처럼 뭉쳐 있던 사람들이 금세 뿔뿔이 흩어진다. 떠버리와 안경잡이, 회색 셔츠도 내 곁으로 와 재건 작업에 동참한다. 못마땅한 얼굴이긴 하지만 여자1과 여자2도 합류한다.

　목으로 뜨거운 열이 차오른다. 이 열의 진원지는 내 몸속일까, 아니면 어김없이 내리쬐는 저 뜨거운 햇볕일까. 상관없다. 어느 쪽이든. 열이 난다는 것은 좋은 현상이다. 이 열만 있으면 나는 석탄을 집어삼킨 기관차처럼, 화력으로 움직이는 기계처럼 계속 나아갈 수 있다. 쉬지 않고 나아갈 수 있다. 어디로 향할지를 아는 것은 기차 소관이 아니다.

　11:30 조원들의 실력은 나를 따라잡기에는 한참 역부족이다. 체력이나 체급이 문제인 게 아니다. 애초에 그들에겐 이 '열'이라는 게 없다. 떠버리와 안경잡이도 나름 열심이지만 그들의 속도엔 일종의 체념 같은 것이 무겁게 깔려 있다. 그들은 이 집을 끝내 완성하지 못할 거라고 지레 포기하고 있다. 가서 말해 줘야 할까. 지금 우리에게 중요한 건 집을 완성하느냐 못 하느냐가 아니라 벽돌을 쌓느냐 쌓지 않느냐, 라고.

　여자1, 여자2는 질퍽거리는 진흙이 바지로 튀는 게 싫은지 뒤꿈치를 세우고 물구덩이를 피해 걷는다. 저런 꼴로

는 한 번 올 때마다 양손에 겨우 벽돌 한 장씩밖에 들고 오
지 못한다. 벽돌 쌓는 게 더 시급하긴 하지만 나는 두 사람
에게 시멘트를 이기는 작업장으로 가라고 명령한다. 봉사
단원들이 벌써 충분한 양의 시멘트를 개어 놓은 덕에 그곳
에 추가 인력이 필요하지 않다는 것은 알고 있다. 그렇지
만 아무리 작업복이라도 옷이 더럽혀지는 걸 싫어하는 여
자들의 특성은 조장으로서 배려해 주어야 한다. 이 정도라
면 두 사람도 내가 베푸는 호의를 눈치챌 것이다. 부족한
둘의 인력은 내가 메운다. 이런 희생을 위해 조장이 존재
하는 거다.

12:20 벽돌이 모자라다. 젠장. 중단하지 않고 벽돌을 쌓
을 수 있도록 미리미리 옆에서 준비해 줘야 하는데 벽돌 운
반을 맡고 있는 안경잡이는 벽돌이 떨어진 것을 아직 눈치
채지 못하고 있다. 안경잡이를 부를까. 아니, 그냥 내가 지
게를 지고 직접 벽돌을 옮기는 게 낫다. 다른 사람에게 시
키는 것보다 나 자신에게 일을 시키는 게 훨씬 빠르다. 나
는 얼른 달려가 벽돌을 가져온다. 이보다 더 효율적인 방
법이 또 있을까. 단 한 장이라도 벽돌을 높이 쌓아야 한다.
집을 지을 필요는 없다. 그저 벽돌을 제자리에 쌓기만 하
면 된다.

13:15 환했던 바닥으로 기다란 그림자 하나가 드리운다. 그림자는 나를 완전히 감싸고 있다. 작은 그늘인데도 꽤 시원하다. 그런데 지붕도 세우지 못한 허허벌판에 무슨 그림자가? 벽돌에 시멘트를 바르고 있던 나는 문득, 고개를 올려 본다. 햇빛을 등지고 서 있어 순간적으로 앞에 선 사람의 얼굴이 그림자처럼 컴컴하게 보인다.

"밥 먹으러 안 가?"

회색 셔츠다. 회색 셔츠의 입에서 밥 소리가 먼저 나오는 날이 있다니. 혹시 나 말고 다른 사람에게 한 말인가 싶어 주위를 둘러보는데 옆에 아무도 없다. 작업 현장이 텅 비어 있다. 나는 자리에서 얼른 일어나―그러나 너무 오래 무릎을 꿇고 있던 탓에 생각보다 얼른 일어나지 못한다―먼 곳을 둘러본다. 언덕 아래가 왁자지껄 소란스럽다. 늘 보던 천막이 쳐져 있다.

어느새 점심시간이 되어 버린 걸까. 먼저 내려가서 조원들 자리를 맡아 두었어야 했다는 생각이 이제야 든다. 지금이라도 내려가 볼까. 그러나 이젠 소용없다. 너무 늦었다. 나는 벽돌을 든 손으로 이마에 흐르는 땀을 닦는다. 튼튼하게 그린 설계도의 기둥 하나가 떨어져 나간 기분이다. 조원들은 미리 테이블을 확보하지 못한 나에게 얼마나 실망하고 분노했을까. 편안하게 앉아서 밥을 먹는 1조 옆에 서서 얼마나 치욕감을 느꼈을까. 그러나 지금에 와서 내가 해 줄 수 있는 일은 아무것도 없다. 하고 있던 일이라도 확실히 하는 수밖에. 나는 다시 무릎을 꿇고 앉아 벽돌을 쌓는다. 나를 위한 식욕 같은 건 어차피 없다. 그런데 내 앞의 그림자가 사라질 줄을 모른다.

"밥 먹으러 안 가려고?"

왜 갑자기 끈질기게 내 끼니를 챙기는 걸까. 대체 무슨 의도일까.

"이걸 끝내야 해."

그림자가 말한다.

"그렇게 쉬지 않고 계속 일만 하다간 탈진할걸."

목적은 모르지만 회색 셔츠는 확실히 나에게 겁을 주고 있다. 쉬지 않고 일하는 내 존재가 꽤나 위협적인가 보다. 내가 일하지 않는 게 자기한테 이득이 된다는 걸 분명히 깨달았나 보다. 탈진이라. 그러나 의도치 않게 회색 셔츠는 나에게 멋진 영감을 선사했다. 탈진. 멋진 병이다. 내 설계도에 한 가지가 더 추가된다. 짓고 있던 건축물 옆에서 의식을 잃은 채 발견된 5조 조장. 회색 셔츠의 말대로 탈진하고 싶다. 탈진해 쓰러져 버리고 싶다.

나는 회색 셔츠가 만드는 그늘을 피해서 땡볕으로 비켜앉은 뒤 손을 더 재빨리 움직인다. 벽돌이 더 모자랐으면. 내가 지게를 지고 벽돌을 나르게. 아무도 시멘트를 개어 놓지 않았으면. 나만 아는 비법으로 이 물질을 반죽하게.

모두 점심을 먹고 풀밭에 누워 잠을 잤으면. 이 폐허에서 오직 나 혼자만 움직이게. 잠시 뒤에 보니 회색 셔츠의 그림자가 홀연히 사라지고 없다.

13:40 "이거 좀 이상한데?"

점심 식사를 마친 뒤 현장으로 돌아온 떠버리가 내 주변을 계속 얼쩡거리고 있다. 손으로 턱을 괴며 고개를 갸웃거리는 모습이 자기가 이곳 설계자라도 되는 듯 거만하다.

"진짜 좀 이상한 것 같은데……."

더는 방관하고 있을 수가 없어 내 일을 방해 말라는 식으로 떠버리를 쳐다보지만 입에 모든 에너지가 집중된 떠버리는 내가 보내는 눈빛을 전혀 읽지 못한다.

"일어나서 좀 봐 봐요. 이 벽, 균형이 좀 이상하지 않아요?"

떠버리는 뭔가가 전체적으로 기운 것 같다며 고개를 삐딱하게 기울인다. 뭐가 그렇게 이상한지 보기 위해 일어나는데 무릎에서 비명이— 입은 절대 비명 지르지 않는다— 터져 나온다. 나는 뒤로 몇 발짝 떨어져 내가 벽돌을 쌓은 부분과 나머지를 비교해 본다. ……젠장. 내가 맡은 벽면이 떠버리, 안경잡이, 회색 셔츠의 벽면보다 확연히 한쪽만 높은 채로 기울어 있다. 온종일 바닥만 보고 있었던 탓에 내 성과가 조금씩 기울어지고 있다는 것을 알아채지 못

했다.

"그래서 이 일이 혼자만 서둘러서 되는 게 아니야. 뭐든 전체적인 그림을 봐 가면서 해야 하는 거라고."

고참 봉사 단원이 나를 질책한다. 내가 실수하기를 기다리고 있었던 모양이다. 하강하는 그래프 같은 벽돌의 불균형이 나를 처참하게 만든다.

14:00 어쩔 수 없다. 기울기가 시작된 곳부터 벽돌을 도로 빼낸다. 아깝지만 이 방법밖에는 다른 수가 없다. 이미 마르기 시작한 벽돌은 잘 떼어지지 않는다.

기운 벽돌을 다 내리고 나니 온종일 벽돌을 쌓은 내 구역이 가장 진도가 느린 떠버리의 구역보다 훨씬 더 낮아져 버렸다. 여자 1, 2가 뒤에서 자기들끼리 무슨 말을 주고받는다. 떠버리와 안경잡이도 서로 눈짓을 보낸다. 회색 셔츠는 나와 눈이 마주치자마자 바로 눈길을 다른 곳으로 돌려 버린다. 천은 이 광경을 보고도 질책이나 위로 없이 내 옆을 그냥 지나친다. 모두 나를 비웃고 있다.

14:10 포기하지 않는다.

15:00 포기할 수 없다.

16:00 포기하지 못하게, 내 사방 주위로 벽돌을 쌓는다.

17:30 "끝났다."

떠버리가 들고 있던 연장을 내려놓으며 크게 소리친다. 어차피 집을 완성하지 못할 거라는 점을 핑계 삼아 태업을 이끌려는 속셈이다. 나는 떠버리가 내던진 삽을 다시 그에게 쥐여 주며―조장으로서 그럴 권한이 있다―그에게 작업 복귀를 명한다. 그런데 떠버리는 되레 내가 쥐고 있는 삽까지 뺏으며 항명한다.

"왜요? 끝났는데. 벌써 버스도 와서 기다리고 있다고요."

그럴 리가. 나는 떠버리의 말을 믿을 수 없어 사방을 둘러본다. 아직 길이 이렇게 환하다. 다시 쌓아야 할 벽돌도 옆에 수북하게 쌓여 있다. 그 순간, 이제 그만 현장을 정리하라는 사수들의 목소리가 들려온다. 여자1, 여자2가 기다렸다는 듯 나타나 수고하셨습니다, 라고 이 사람 저 사람에게 인사를 하며 돌아다닌다. 안경잡이와 회색 셔츠도 삽을 연장통 안에 집어 던지며 땀을 닦고 옷을 턴다. 뒷정리를 마친 다른 반 사람들은 벌써 무리를 지어 언덕을 내려가고 있다.

17:35 아니다. 아직 끝나지 않았다. 이렇게 끝내서는 안

된다. 최소한 다른 벽면과 내 벽면의 높이는 맞추고 끝내야 한다. 그러려면 벽돌을 세 줄은 더 쌓아야 한다. 거기다 조장이기 때문에 한 줄 더. 나는 떠버리가 가져간 삽을 다시 빼앗아 잡는다. 네 줄 정도야 사람들이 뒷정리하는 틈에 서둘러 시멘트를 바르고 벽돌을 쌓으면 불가능한 일도 아니다. 버스가 서 있는 마을 어귀까지 걸어가는 시간이 있으니 이것만 더 쌓고서 빨리 뛰어가면 대충 시간이 맞을 것이다. 마음이 급해진다.

나는 떠버리에게 부탁한다.

"이것만 더 쌓고 따라갈게. 기사님이 출발하려고 하면 우리 조 조장이 안 왔으니까 조금만 기다려 달라고 해."

떠버리는 뭘 그렇게까지 해요, 라고 하면서도 알아들었다는 의미로 다른 말 없이 먼저 언덕을 내려간다.

17:40 눈앞에서 시멘트가 날아간다. 반죽을 질게 해 놓았는데도 사막의 모래알처럼 낱낱이 흩어진다. 벽돌은 액체다. 잡는 순간 녹아 손가락 사이사이로 빠져나간다. 삽은 절망 상태. 시멘트를 풀 수 없게 손잡이가 휘어진다. 모든 것이 이 집의 멸망을 조금씩 도와주고 있다.

알고 있다. 이렇게 벽돌 한 장을 더 쌓아 올려 봤자 집을 완성하는 것과는 전혀 무관하다는 것을. 애초에 이 집은 완공되지 않는 것이 완공인 것으로 계획되었다는 것을.

시간이 있어 지붕까지 올린대도 결국엔 그 누구도 목격한 적 없는 비바람이 지붕을 날려 버릴 것이다. 가장 최선을 다한 사람이 만들어 낸 불균형이 벽을 해체해 버릴 것이다. 나도 알고 있다. 모든 것이 이미 그렇게 정해져 있다는 걸. 그럼에도 나는 거기에 벽돌 한 장을 더 올린다.

훗날 집을 무너뜨릴지 말지는 지금 벽돌을 쌓는 내 작업과는 아무 관련 없는, 다른 차원의 일이다. 그 폭파 작업은 아마도 우리 다음으로 연수원에 입소하는 신입 사원들의 업무가 될 것이다. 그러면 그때 가서 그들은 최선을 다해 우리가 쌓아 놓은 벽을 깨끗이 허물면 된다.

조금만 더 서두르자. 일곱 장, 여섯 장, 다섯 장, 이것들만 쌓고 나면 벽이 완벽한 수평을 이룬다. 그리고 다른 세 벽면보다 한 층이 더 높아진다. 넉 장, 석 장, 두 장.

17:45 드디어 마지막 한 장. 끝. 완공이다. 나의 집이 지어졌다. 그러나 오래 자축하고 있을 시간이 없다. 사람들을 너무 오랫동안 기다리게 하지 않으려면 얼른 뛰어가야 한다. 손에 든 삽을 버리다시피 내던지고는 언덕을 전력으로 질주해 내려간다. 몸 여기저기에 붙은 시멘트 반죽이 살점처럼 떨어져 흩어진다. 순간, 길에 박혀 있던 뭔가에 발이 걸려 몸이 기우뚱해진다.

17:47 언덕이 완만해지는 곳까지 완전히 굴러 버렸다. 옷과 신발이 더 엉망이 됐다. 손바닥에선 피가 흐른다. 그래도 넘어진 덕분에 뛰어가는 것보다 언덕을 빨리 내려올 수 있었다. 나는 대충 흙을 털고 일어나 다시 뛴다. 삐끗했는지 다리가 절뚝인다.

아, 그런데 문득 기분이 좋아진다. 면접 합격 통보를 받았을 때만큼이나 기분이 좋다. 기대했던 탈진으로는 아니지만, 결국 쓰러졌다. 쓰러지는 데 성공한 거다.

오늘 나는 조그만 실수를 하긴 했지만 포기하지 않고 일에 전념한 끝에 실수를 바로잡았다. 모두들 내가 실패할 거라고 생각했을 것이다. 내가 포기하기를 바랐을 것이다. 그러나 다른 세 벽보다 한 줄 높은 벽, 나는 추가 성과까지 이루어 냈다. 나도 나 자신이 이 정도까지 해낼 수 있을 줄은 몰랐다. 내가 이런 인간인 줄은 몰랐다. 오늘 나는 내가 알고 있던 나 자신을 뛰어넘었다. 새로운 나와 조우했다. 몸속을 떠다니는 열이 그것을 축하해 주고 있다. 드디어 마을 입구다.

17:50 먼저, 사수들과 다른 조 사람들에게 늦게 합류한 것에 양해를 구해야 한다. 비난은 걱정되지 않는다. 내 이야기를 듣고 나면 그들도 내 입장을 충분히 이해할 거다. 몇몇은 나를 거울 삼아 자신들의 나태를 반성할지도 모른

다. 사수 강은 어쩌면 포기하지 않고 임무를 완수해 낸 나에게 박수를 보내라고 제안하지 않을까. 어제에 연이은 박수 세례. 조금 부끄럽다.

우리 반 버스를 찾는다. 그런데 이상하다. 버스가 서 있어야 할 자리에 버스가 없다. 한 대도 없다.

17:51 사람들도 없다. 그들의 그림자도 없다.

17:52 일단은 기다린다.

18:00 돌아오는 버스가 없다. 그래도 더 기다려 보기로 한다.

18:20 기다리는 동안 마을 입구에 세워진 송덕비를 읽는다. 세상에 이렇게 훌륭한 사람도 있다니.

18:45 버스가 연수원에 갔다가 나를 놓고 온 것을 깨닫고 마을로 다시 돌아올 수 있는 충분한 시간이 흘렀다. 그러나 도로 끝은 소실점만 존재하는 정지된 풍경. 아무것도 오가지 않는다. 갑자기 몸이 한쪽으로 기울어 균형을 잡을 수가 없다.

18:50 아무 이유 없이 몸이 한쪽으로 기우는 게 이상해 몸을 더듬어 보니 왼쪽 뒷주머니에서 벽돌 한 장이 나왔다. 한쪽 모서리가 날카롭게 깨져 나간 불량 벽돌. 어느 틈에, 누가 왜 내 주머니에 이런 걸 넣어 둔 걸까. 나는 한참 동안 벽돌을 바라보다가 다시 주머니에 집어넣는다.

19:00 어두워지기 전에 길을 나서야겠다.

19:40 어둠이 내리고 있다. 그림자가 어둠과 섞인다.

20:30 중간쯤에서 시내로 나가는 트럭을 얻어 타 밤이 되기 전에 간신히 연수원에 도착했다. 자기가 재배한 농산물을 도시로 직접 팔러 다닌다는 아저씨는 숲 입구에 나를 내려 주면서 정말 여기다 내려 줘도 돼? 라고 묻는다.

"정말 여기 맞아? 아무것도 없는 것 같은데, 여기에 무슨 과자 회사 연수원이 있다는 거야?"

나는 내 소지품을 챙겨 다시 뒷주머니에 넣으면서 아저씨 같은 사람이 와 봤을 리가 없죠, 라고 대답한다. 아저씨가 남기고 간 대파 냄새에 눈이 맵다.

다들 숙소에 머무는 시간이라 그런지 복도는 비어 있다. 방에 들어왔더니 꼬마는 통화 중이다. 그새 예전의 꼬마로 부활한 건가. 꼬마는 통화에 집중하느라 내가 들어온 기척도 듣지 못한다.

꼬마가 소리친다.

"그러니까 진실을 말해 달라는 거야. 있는 그대로의 진실을."

상대방이—아마 누나 중 한 명이겠지—도대체 왜 갑자기 우리가 너한테 거짓말을 한다고 생각하느냐고 물은 것 같다. 꼬마는 번뇌한다.

"나도 모르겠어. 그냥 어느 날 갑자기…… 교회에 다녀온 일요일 오후부터…… 그때부터 한순간에 모든 것을 믿을 수가 없게 되어 버렸어."

나는 수건과 갈아입을 옷을 챙겨 샤워를 하러 들어간다. 도대체 교회에 다녀온 일요일 오후 꼬마에게 무슨 일이 있었기에 사랑하는 누나를 향해 저렇게 고함까지 지르는 걸까. 그때 나는 극심한 열에 휩싸여 있었기 때문에 모든 기억이 희미하다. 느껴지는 거라곤 아기처럼 부드러운 뺨과 시고 달콤한 맛. 뱀처럼 속삭였던 혀.

비누칠을 한 몸이 남의 몸을 만지는 것처럼 미끄덩거린다.

20:50 무척이나 허기가 지지만 저녁 식사는 벌써 끝났을 시간이다. 얼른 잠을 자서 내일 아침이 오길 기다리는 수밖에는 없다. 내일 아침. 어둠이 뜬 자리에 다시 환한 빛

이 몰려오는 내일 아침. 즐겁게 체조와 식사 준비를 하는 내일 아침. 세일즈 킹이 모든 날들 중 가장 좋아하는 내일 아침. 벌써부터 창밖에서 대기하고 있는 채권자처럼 느껴지는 건 왜.

걸어올 땐 힘든 줄 몰랐는데 침대에 누우니 발바닥이 못이라도 박힌 것처럼 쑤신다. 꼬마는 이젠 아무도 안 믿을 거야, 라며 전화를 끊어 버린다.

20:55 누가 요란스레 방문을 두드린다. 꼬마에게 미뤄 보지만 꼬마는 도무지 응대할 기미가 없다. 하는 수 없이 내가 일어나 문을 연다. 떠버리다.

20:56 "아이스박스 어디다 뒀어요?"

떠버리의 얼굴을 마주한 짧은 순간, 나는 최소한 두 가지를 기대했다. 나를 기다려 주지 않고 먼저 가 버린 데 대한 사과, 또는 자기는 간절히 부탁했지만 냉담한 운전 기사가 그렇게는 할 수 없다며 먼저 출발해 버렸다는 따위의 해명. 그런데, 이 뻔뻔한 얼굴은 뭐지. 그리고 아이스박스라니.

"아이스박스 안 챙겼어요?"

떠버리는 우리 조 아이스박스만 보이지 않는다며 천이 나에게 물어보고 오라고 시켰다고 한다. 내가 여기까지 혼

자 어떻게 왔는지는 조금도 궁금해하지 않고 일말의 죄책
감도 느끼지 않는다. 아예 나라는 존재를 까맣게 잊은 것
같다.

"잘 모르겠는데."

"형이 모르면 어떡해요."

떠버리가 그 큰 입으로 나를 질책한다. 물론 떠버리가
틀린 건 아니다. 아이스박스를 챙기는 것은 조장의 중요한
임무 중 하나니까. 그러나 나는 아이스박스보다 훨씬 더
중요한 추가 작업을 하다 왔다. 내 구역은 다른 곳보다 벽
돌 한 층이 더 높고, 발바닥은 딛고 있기가 고통스러울 정
도로 쓰라리다. 지금 이 시점에 아이스박스가 끼어드는 것
은, 명백한 모함이다. 덫이다. 내 의무와 실수를 교묘하게
뒤섞어 나를 구렁텅이에 빠뜨리려는 누군가의 술책이다.

"깜빡하고 현장에 놓고 온 것 같아. 마무리 작업을 하느
라 정신이 없어서."

"큰일이네요."

떠버리는 내가 천에게 가서 직접 설명하는 게 좋겠다고
말한다.

21:15 사무실 문을 노크하고 들어가니 천은 다른 말 없
이 다짜고짜 묻는다.

"아이스박스는 어떻게 된 거야? 잃어버렸어?"

"아주 잃어버린 건 아니고요……. 작업을 하다 보니 따로 신경을 못 써서……. 오늘은 일이 너무 많기도 했고……. 이상하게 더 덥고……. 지금이라도 현장에 가면 찾을 수 있을 것 같긴 한데……."

내가 한 마디 한 마디를 보탤 때마다 천의 표정이 일그러진다.

"다시, 갔다 올까요?"

바로 그때 사무실로 들어온 강이 뭐가 그렇게 심각해요? 라고 물으며 자리에 앉는다. 익숙한 자리. 천이 강에게 조장이란 놈이 아이스박스를 잃어버리고 왔잖아, 라고 투덜댄다. 순간, 그래요? 라고 강이 대꾸하면서 나를 쓱 쳐다보더니 갑자기 책꽂이에서 무언가를 꺼낸다.

평가 파일.

21:18 모든 것이 이해할 수 없는 이상한 방법으로 평가되고 있다. 이상한 사람들이다. 이상한 곳이다. 천이 일그러진 얼굴 그대로, 됐으니까 나가 봐, 라고 한다. 나는 두 사람에게 인사하고 사무실을 나온다. 또렷이 들을 순 없지만 문 너머로 두 사람이 나누는 말소리가 들린다.

저 새긴 도대체 뭐가 문제인 것 같아?

존재 자체.

그렇게 얘기하고 있는 게 분명하다.

21:35 방으로 돌아온 나는 잠시 침대 위에 앉아 있다가 휴대전화를 들고 옥상으로 올라간다. 컴컴한 하늘. 찌꺼기 같은 별들. 내 손안에 있는 전화기의 작은 불빛. 그 빛 하나에 기대어 송이에게 전화를 건다.

21:36 계속 전화벨만 울린다.

21:50 배터리 한 칸이 닳도록 전화를 해도 송이는 전화를 받지 않는다.

22:00 마지막으로 건 전화. 송이는 끝내 전화를 받지 않았다. 나는 종료 버튼을 길게 눌러 휴대전화의 전원을 끈다. 알고 있었다. 밤새 걸어 봤자 송이는 전화를 받지 않으리라는 것을. 송이는 지금 전화를 받을 수 없다. 이사가 받게 하지 않을 테니까. 놀랄 것도 없다. 실망하지도 않는다. 송이와 이사는 지금 한방에 있다. 송이가 고르고, 이사가 지불한 그림 한 점도 그들 옆에 놓여 있을 테지. 에곤 실레인지 뭔지 하는 풍이랬나? 이사는 그림 속의 누드와 송이의 누드 쪽에서 더 좋은 쪽을 고르겠지. 이미 예전부터 알고 있었다. 송이가 이사의 내연녀라는 것쯤은. 나는 전화기를 숲속에 던져 버린다. 여자가 얼마나 안전 지향적인

존재인지 알고 나면 구역질이 난다.

22:30 나는 옥상에서 내려와 내 방으로 돌아가기 전 친구의 방에 들른다. 잠옷 차림의 친구가 뜻밖이라는 표정으로 방문을 열어 준다. 나는 그를 똑바로 바라본다. 조금의 그을음도 없는 말간 얼굴.

"무슨 일 있어요? 저녁 내내 못 본 것 같은데. 얼굴이 안 좋아 보여. 저녁은 먹었어요?"

어디부터 잘못된 건지 찾아야 한다.

"……그 리조트 얘기를 왜 나에게 한 거지?"

친구는 당황한다. 역시 쉽게 대답하지 못한다. 확실히 무언가 있다. 나는 소리친다.

"말해 봐. 이유가 뭐지?"

친구가 내 어깨를 잡아 안으며 안색이 나빠 보이니 자기와 함께 의무실에 가자고 한다. 이상한 말을 하는 여자가 있는 이상한 곳. 도대체 여기는 얼마나, 어디까지, 어떤 사람들까지 잘못돼 있는 거지?

나는 친구의 얼굴로 입을 바짝 갖다 댄다.

"숨기지 말고 솔직히 말해. 왜 나였지? 왜 하필이면 나를 고른 거야?"

친구는 죽은 생선처럼 입만 벌리고 있다. 나는 친구의 손을 거칠게 뿌리친 뒤 복도를 걸어간다.

02:20 세상 모든 죄들이 저질러지고 있을 것 같은 시간. 나는 침대에 몸을 은닉하고 있다가 발소리를 죽인 채 조용히 방을 빠져나온다.

02:35 어제 나는 분명히 돋보였다. 누구보다 오래 일했고 누구보다 많은 벽돌을 쌓았다. 비록 아이스박스를 잃어버리고 오긴 했지만, 온몸에 남은 이 노동의 감각만큼은 반드시 공정하게 평가받아야 한다. 손잡이를 돌리니 역시 문이 열린다. 마치 나를 유인하기 위한 함정인 것처럼 너무나 부드럽고 쉽게.

평가 파일은 몇 시간 전 강이 꺼냈던 그 자리에 그대로 꽂혀 있다. 이상하다. 오늘은 왜 이 검은 파일을 손에 들었는데도 가슴이 전혀 요동치지 않는 걸까. 이젠 굳이 빛이 환한 곳을 찾아가지 않아도 된다. 나는 어둠 속에서 한 번에 손가락을 짚는다.

×.

02:40 파일을 제자리에 꽂아 놓고 사무실을 나와 숙소로 돌아가는 길을 걷는다. 13번은 내가 아니다.

02:41 나는 13번이 아니다. 13번은 분명 지금 이 순간 잠들어 있는 멍청한 사람들 중 하나다. 이제껏 한 번도 아침 체조에 나온 적 없는 사람, 집 짓기 봉사 활동에 매번 빠질 궁리만 한 사람, 아침 식사에 협조적이지 않은 사람, 자기 마음대로 연수원을 나가겠다고 헛소리를 한 사람, 애초에 이곳에 올 자격이 없었던 사람. 너. 너. 너. 그리고 너. 너도.

02:45 "거기서 뭐 하는 거야?"

어둠의 한 면이 내 쪽으로 볼록하게 튀어나와 있다. 자연의 명령어 같은 목소리. 그 목소리의 주인이 나를 향해 가까이 다가오고 있다. 그 명령에 묶인 듯, 나는 한 걸음도 움직일 수 없다. 상대방은 나를 확실히 알고 있다. 내 모든 것을 속속들이 알고 있다. 나의 생각과 행동, 계획, 이 새벽에 나온 이유, 나의 두려움까지 모두 꿰뚫어 보고 있다.

나는 상대방이 누군지 전혀 알지 못한다. 그는 여전히 어둠을 덧입고 있다. 그는 나를 알지만, 나는 그를 알지 못한다는 극한의 공포. 몸이 떨린다. 판판한 뒷주머니를 손이 무의식적으로 더듬거린다.

"이 시간에 잠 안 자고 여기서 뭐 하는 거야?"

푸르스름한 어둠에서 모습을 드러낸 사람은.

회색 셔츠다.

02:46 나는 그에게 같은 질문을 되돌려 준다. 그러는 너는 이 수상한 시간에 왜 여기 나와 있는 거냐고. 너야말로 여기서 무엇을 할 생각이냐고.

"……넌?"

내 물음에 회색 셔츠는 숲 쪽 어딘가를 휙 둘러본 뒤 대답한다.

"밖에서 이상한 소리가 들려서 잠이 깼어."

소리?

"새가 우는 소리 같던데."

거짓말.

거짓말.

여러분, 속지 마십시오. 이놈은 거짓말을 하고 있습니다. 들킬 게 빤한 거짓말을 하고 있습니다. 새 한 마리 살지 않는 이곳에 어떻게 새 울음소리가 들릴 수 있겠어요. 인간이 한 명도 없는 곳에서 인간의 방귀 소리가 난다는 게 가능이나 합니까?

회색 셔츠가 나를 물끄러미 바라본다. 저 눈빛. 이젠 내가 말할 차례라는 건가.

"나도……. 나도 새 울음소리를 들었어."

자, 이젠 누가 거짓말을 하는 거지. 말해 봐. 누가 누구를 속이는 거지?

"그랬구나. 그런데 막상 나오니까 이젠 안 들리는 것 같지?"

뻔뻔한 놈.

"우리가 오는 걸 눈치채고 어디로 숨어 버렸나 봐."

쓸데없는 녀석과 존재하지도 않는 새 이야기를 하며 여기에서 시간을 허비할 필요가 없다.

"그럼 난 피곤해서."

나는 먼저 숙소로 돌아간다. 온몸의 감각을 바짝 곤두세우고 있는데도 회색 셔츠가 움직이는 소리는 한참이나 들리지 않는다.

05:30 봉사 활동을 다녀온 이튿날이어서인지, 아침 체조에 참가하는 인원이 눈에 띄게 줄어들었다. 아니, 그보다는 합숙 종료를 단 이틀 남겨 놓고 있기 때문인가. 인간이란 대개 이런 존재다. 죄를 지어 감옥에 갇힌 것들은 출소일 하루 전에 사형시켜 버려야 한다.

06:50 가장 먼저 식당으로 들어와 불을 켜고 아침을 준비한다. 당근과 양파와 햄을 꺼내 잘게 썬다. 가스레인지에 프라이팬을 올린다. 싱크대 수납장에서 식용유를 꺼낸다. 그런데 그것들을 한꺼번에 본 순간 무엇을 만들기 위해 내가 이것들을 준비했는지 완전히 잊어버리고 만다. 원형

의 흔적 없이 토막 난 채소들과 뜨겁게 달구어진 프라이팬, 어디에서 짜낸 건지 모를 기름. ……쇳덩이와 고깃덩어리, 이 미끄덩거리는 액체 사이에 무슨 연관이 있는 걸까.

"오늘도 어김없이 일등이네."

뒤를 돌아보니 강이다. 일등? 다른 날과 달리 등수를 매기는 의도 속에서 묘한 빈정거림이 느껴진다. 강이 내게 다가와 어깨를 두드린다. 이 손으로 어제 ×를 그렸다.

"며칠 안 남았는데도 여전히 열심이군. 어때? 그래도 나가고 나면 여기가 제일 그리워질 것 같지 않아? 밖은 완전히 밀림이라고."

평가 파일에 기호를 그려 넣는 사람들 중 하나인 그가 왜 나에게 이런 이야기를 하는 걸까. 왜 내 곁에 이렇게 바짝 다가와 있는 걸까. 의도가 뭘까. 본부장의 강연 때 마지막 질문자로 나를 지목했던 것과 어떤 연관이 있는 걸까.

"오늘 메뉴는…… 가만 보자, 볶음밥인가?"

그렇다. 역시 그는, 그들은 모든 것을 간파하고 있다. 모든 것을 계획하고 있다. 나는 그의 말대로 볶음밥을 만들기 위해 다져 놓은 채소를 프라이팬에 집어넣는다. 기름을 두른다. 그리고 꼭 해야 할 말을 조심스레 뱉어 낸다.

"드릴 말씀이 있어요."

미리 정해져 있는 모든 계획. 그런데 만약 그 계획에 돌발 변수가 생긴다면 어떻게 될까.

07:00 강은 썰다 남은 당근 한 조각을 입에 넣으며 무엇이냐고 묻는다. 걱정스럽다. 내 말을 듣기 전까진 아무것도 입에 넣지 않는 게 좋을 텐데.

"우리들 중에…… 집 짓기 봉사 활동에 관해 불순한 이야기를 퍼뜨리는 사람이 있어요."

강은 씹던 당근이 목에 걸렸는지 괴팍한 신음 소리를 낸다. 그러게, 조금 참았더라면 좋았을걸. 강은 내가 주는 물을 한 모금 마시더니 그 사람이 누구냐고 묻는다. 그러나 모든 거래는 주고받는 형태인 법.

"그 전에, 한 가지 약속해 주세요. 제 신원은 비밀로 한다는."

강은 내 제보가 사실로 드러날 경우 당연히 내가 보호받을 수 있다고 한다. 그 말은 반대로 사실이 아닌 것으로 드러날 경우에는 내가 응분의 책임을 져야 한다는 뜻일 테지. 그러나 내가 책임을 져야 하는 상황은 벌어지지 않을 것이다. 내 이야기는 모두 진실에 기반해 있으니.

"눈에 띄는 사람은 아니어서 잘 모르실 텐데, 3조에."

어렵지만, 그래야 하므로, 나는 친구의 이름을 댄다.

강은 전혀 뜻밖이라는 표정이다. 그 눈빛만 봐도 친구가 지금껏 이곳에서 얼마나 훌륭하게 이중 생활을 수행했는지 알 수 있다. 강은 내 말의 진실성을 의심하는 것처럼 나를 바라본다. 이런 얼굴은 나를 향한 것이어서는 안 된다.

"생각하시는 것보다 훨씬 많은 것을 알고 있어요. 에너지 발전소니 리조트니, 외국 자본이니, 정부가 어떻고 정권이 어떻고……. 우리가 짓는 집 얘길 하면서 뭐라더라……. 우리는 최소한 우리가 뭘 하는지 알아야 하지 않느냐고 했던가……. 우리가 그렇게 작은 존재는 아니라며……. 존재라니……. 존재라니……. 그건 너무 불순하잖아요."

07:15 강은 아무 말이 없다. 나는 그에게 충분한 시간을 준다. 복잡한 생각이 그의 머릿속을 스치고 있을 것이다. 색출, 심문, 반론, 추방. 나는 강에게 다시 한 번 말한다.

"제 신원은 반드시 비밀로 해 주시는 거죠?"

강은 너무나 깊은 생각에 잠긴 나머지 대답도 않고 부엌을 나간다. 완전히 얼이 나갔다. 하긴, 믿었던 얌전한 양에게 뒷발로 차인 격이니. 아마도 오늘 하루 강은 무척 바빠질 것이다. 나는 곧 하던 일로 돌아간다. 오늘 볶음밥은 더 맛있게 될 것 같은 예감이 든다.

"어, 네가 어쩐 일이야? 식당엘 다 오고. 이렇게 이른 시간에 보는 건 처음인 것 같네."

식당을 나가던 강이 누군가에게 말을 거는 소리가 들렸다. 얼마나 게으른 놈이기에 강이 저런 말까지. 나는 강이

217

나가는 쪽을 슬쩍 돌아봤다. 식당 입구에 서 있는 사람은 정말 가장 게으른 사람. 회색 셔츠.

"그냥 잠도 설친 김에 한번 나와 봤어요."

회색 셔츠가 별일 아니라는 듯, 가볍게 대꾸한다. 그런데 그렇게 말하는 그의 시선이 강이 아닌 나를 향해 있다. 나는 황급히 고개를 돌린다. 언제부터 저기 서 있었던 걸까.

내 이야기를 어디부터, 어디까지 들은 걸까. 회색 셔츠가 내 쪽으로 가까이 다가온다.

07:22 나는 프라이팬의 채소에 밥을 넣어 함께 볶는다. 회색 셔츠는 내 옆에 서서 내가 아직 치우지 못한 채소 껍질과 냄비들을 정리한다. 그와 나는 가까워지지도 멀어지지도 않으면서 일정한 거리를 유지하고 있다.

여태껏 이런 시간에 한 번도 식당에 온 적 없는 자가 왜 오늘은 그 자리에 있었던 걸까. 오늘 새벽부터 계속해서 나를 감시하고 있었던 걸까.

목적이 뭘까.

친구의 지령이라도 받았나.

07:30 어느덧 다른 조 사람들이 속속 식당으로 들어오고 있다. 조리하는 공간이 점점 좁아진다. 나와 회색 셔츠의 거리가 조금씩, 아주 조금씩 가까워지고 있다. 가스 때

문인지 숨이 막힌다. 사람이 이렇게나 많은데 회색 셔츠와 나, 단둘만 이곳에 존재하는 것 같다. 회색 셔츠가 누군가를 피해 내 곁으로 바짝 다가선다. 순간, 귓가에서 바람 같은 것이 속삭인다.

"힘들지?"

합숙 종료 D-2 목요일

02:00 꼬마의 선크림을 남김없이 짜서 얼굴에 바른다. 희면 흴수록 효과가 좋다.

02:10 이것은 벌써 한 번 쓰인 도구. 떨어져 나간 벽돌 모서리를 문지르다가 바지 뒷주머니에 넣는다.

02:20 꾸우, 꾸우, 꾸우.

02:30 곧 회색 셔츠가 모퉁이를 돌 것이다. 멍청한 녀석. 이까짓 가짜 새 울음소리에 또 속아 이 시간에 밖엘 나오다니. 발소리가 점점 가까워지는 게 들린다. 명심하자. 벼락이 하늘을 때리는 찰나. 별이 죽는 찰나. 빛이 절망으로 변하는 찰나. 그런 찰나의 순간을 노리는 것이다. 실수나 머뭇거림이 있어서는 안 된다.

어떻게 참을 수 있단 말인가. 그 눈빛을.

그래, 바로 그 눈빛이었다. 저놈은 다 알고 있었다. 다 보고 있었다. 안경잡이가 세 개 남은 제비를 추리는 순간 내가 어느 제비에 ×가 그려져 있는지 몰래 보았다는 사실을. 그래서 내 손이 ×가 그려진 제비를 뽑는 순간 그렇게 경멸에 찬 눈으로 나를 바라보았던 거다. 그러나 회색 셔츠는 침묵했다. 내 죄를 목격했으면서도 아무런 이의를 제기하지 않았다. 나를 계속 죄인으로 놔뒀다. 나를 계속 그 눈빛으로 바라보았다. 내 부끄러움을 즐겼다.

한심하게도 벽돌을 쥔 손에 자꾸 땀이 찬다.

땀을 닦고 벽돌을 다시 꽉 다잡는다.

꾸우, 꾸우, 꾸우.

아, 그런데 이 소린 뭐지. 어디서 짐승 우는 소리가 들리는 것 같다. 밖을 떠돌던 들짐승이 이 숲까지 들어온 걸까. 혹시 어제 회색 셔츠가 들었다는 새 울음소리가 이 소리인가. 그럼 회색 셔츠의 말이 진짜였을 수도 있는 건가.

그게 진짜였다면 어떻게 되는 거지?

순간, 맞은편 벽에 그림자가 드리운다. 다른 생각 하고 있을 때가 아니다. 이제 와 주저해선 안 된다. 나는 목표물을 향해 뛰어들며 손에 쥔 도구를 마구 휘두른다.

"죽어. 죽어. 죽어."

__:__ 그림자가 쓰러진다. 내 손의 벽돌도 함께 떨어

220

진다. 벽돌이 바닥에 부딪히는 소리가 복도에 크게 울려
퍼진다. 천둥이 치는 것 같다. 나는 뒷걸음질을 친다. 계속
여기에 있다간 금방 들킬 것이다. 나는 복도를 뛰쳐나가
숲속으로 들어간다. 나뭇잎들이 몸을 채찍질한다. 나를 벌
한다. 나뭇가지는 살인자를 잡으려고 옷을 붙든다. 잡히기
전에 어서, 어서, 여기를 빠져나가야 한다.

아, 그런데 이게 뭐지.

문득 나는 걸음을 멈추고 사방을 둘러본다.

꾸우-꾸우-꾸우-

정말 어디서 새 울음소리가 들려온다.

그럴 리가 없는데.

그럴 리가 없는데.

그럴 리가 없는데.

도망가야 해.

7월 초.

원룸이 밀집한 골목 언덕길.

백금처럼 쏟아지는 햇살에 눈을 찡그리며 저쪽으로 걸어가는 한 젊은 남자. 1년 전 이맘때와 비교하면 확연하게 달라진 옷차림, 확연하게 달라진 인상.

그러나 M이 맞다.

오늘은 M이 생애 마흔아홉 번째 면접을 보러 가는 날이다. 날씨는 이만하면 괜찮고 시간도 넉넉하다. 그런데 원룸을 나와 언덕을 내려가던 M이 갑자기 걸음을 멈추더니 하늘을 올려다보았다. 아니, 마흔아홉 번째가 아니라 오십 번째라고 해야 하는 건가? 눈을 찌르는 햇살에 M은 점퍼 주머니에 넣어 온 캡을 꺼내 썼다. 생각해 보니 애매한 경우가 하나 끼어 있었다. 그걸 단순히 한 번이라고 쳐도 될는지는 모르겠지만.

지난 3월, 어느 날 아침. 정확히는 대로변 상가에서 발생한 화재 때문에 밤새 119 사이렌 소리가 울려 퍼졌던 다음 날. 6개월 동안 집에 칩거했던 M이 문을 열고 밖으로 나왔다. 옷은 여섯 달 전에 입고 있던 옷 그대로였고 운동화 끈은 풀린 채였다. 오랜만에 느껴 보는 햇빛에 M은 추운 줄도 모르고 한참이나 그대로 서서 바람을 맞았다. 같은 층에 사는 사람들이 수상한 눈초리로 M을 힐끗거리며 멀리 피해 갔다. M은 전혀 불쾌하지 않았다. 자기가 저 사람들이라면 더한 행동을 했으리라. 침을 뱉고, 돌을 던지고, 전봇대에 올가미를 묶는 등의.

충분한 햇볕을 쬔 M은 두 손목을 포개 태양이 보이는 쪽으로 쳐들었다. 빛이 M의 손목에 팔찌를 걸어 주었다. 그동안 너무 괴로웠다. 누리지도 못하는 이름뿐인 자유. 이제 이 모든 거짓 자유를 반납할 때가 됐다. 결심을 마친 M은 묵묵히 길을 나섰다. 목적지는 멀지 않았다.

M   사람을 죽였습니다. 체포해 주십시오.

오래된 무채색 건물의 꼭대기에는 국기와 경찰 엠블럼 등 여러 가지 목적의 깃발들이 강풍에 휘날리고 있었다. 정문으로는 범인을 태운 호송 차량과 전경을 태운 버스가 번갈아 오갔다. 경찰서 주변 정자에서는 노인들이 꽃샘추위를 견뎌 가며 장기를 두고 있었다. 제법 큰 판돈이 걸려 있을지도 몰라 정문 보초를 서는 전경들이 노인들을 면밀히 주시했다. 그 탓에 계절과 맞지 않는 차림의 핼쑥한 남자가 경찰서로 들어가는 것을 보지 못했다.

강력 범죄계로 들어온 M은 앉아도 될 만해 보이는 빈 의자에 앉은 뒤, 맞은편 형사를 향해 공손히 포갠 두 손목을 내밀었다. 그곳에 있던 모든 사람들의 이목이 일제히 그에게로 쏠렸다. 특수 절도 혐의로 강도 높은 조사를 받고 있던 한 용의자는 M을 향해 침을 뱉으며 고성을 질렀다.

절도 용의자 저, 저 살인자 새끼.

형사는 바로 신원 조사에 들어갔다.

형사 이름.

M 이름요? (오래된 기억을 떠올리듯) 글쎄……. 이름이 뭔지…….

형사 자기 이름도 몰라? 주민 등록 번호는?

M 주민 등록 번호? (처음 듣는 말이라는 듯) 그건 또 뭔지…….

형사 뭐야, 주민 등록 번호도 없어? 당신, 저쪽 사람이야?

M 아닙니다. 저 이쪽 사람입니다.

형사 그런데 왜 주민 등록 번호가 없어. 번호 열세 개는 자기 이름처럼 외우고 다녀야지.

M (순간, 무엇을 깨달은 듯) 아, 제 번호를 물으시는 거였군요. (형사를 전능한 존재처럼 바라보며) 역시 다 알고 계셨군요……. (고개를 숙인 뒤) 그렇습니다. 저는 13번이었습니다. 저는 그곳에서 13번으

로 기록되었습니다. 최악의 신입 사원 13번…….
(갑자기 목소리가 들떠서) 아름다운 곳이었습니다.
아마, 형사님은 아무리 열심히 일하셔도 그런 아
름다운 곳엔 평생 가지 못하실 거예요. (형사의 미
간에 주름이 잡히는 것엔 전혀 개의치 않고) 울창한
숲, 파란 하늘, 어디서 들려오는 파도 소리…….
(갑자기 목소리가 가라앉더니) 그렇지만 한편으론
두려웠어요. 내가 이런 곳에 올 만한 자격이 있
는지, 과연 내가 여기서 뭘 할 수 있는지, 뭘 해야
하는지……. (다시 목소리가 들떠서) 처음엔 송이
한테 매일 전화를 걸어 자랑했었죠. 나는 여기만
큼 멋진 곳엔 와 본 적이 없어. 우리 신혼여행으
로 이곳에 와도 좋겠지? (인상을 찌푸리며) 아마
송이는 그때부터 저를 경멸했던 것 같아요. (다
시 온화한 표정으로) 송이는 그림을 정말 잘 그려
요. 그런데 우리 같은 사람은 말이죠, 그림을 그
릴 능력은 있어도 그림을 살 능력은 없어요. 이
상한 일이죠? 그러니까 송이랑 저는 처음부터 같
이 있으면 안 되는 사람들이었던 거예요. (한 곳을
오래 주시하더니) 그리고 보니 송이는 어쩌면 훨
씬 전부터 저를 경멸하고 있었던 건지도 모르겠
어요. ……여자들은 어려워요. 남자들은 절대 여

자들만큼 단순하게 복잡해지지 못해요. 여자들은 정말……. (다시 정신을 차린 듯) 저는 그 아름다운 곳에서 과자를 팔기로 되어 있었습니다. 그런데 그들은 과자를 팔게 하는 대신 벽돌을 쌓게 했어요. 과자 세일즈맨에게 먹지도 못하는 무거운 벽돌이 어울릴 것 같으세요? 그렇게 무거운 벽돌을 옮기게 했다간 과자가 다 부서져 버리잖아요. 그런데도 그들은 과자 세일즈맨에게 과자는 보여 주지 않으면서 수없이 많은 창문들 뒤에 서서 아침 체조를 지켜보고 과자 대신에 영양가 있는 밥을 만들게 하고 이상한 말을 하는 여자가 있는 하얀 커튼 속에 가둬 놓고……. (고개를 들어 형사를 바라보며) 그런데 형사님, 만약 제가 그곳의 실체를 몰랐다면……. 물론 이제 와서 이렇게 말하는 건 쓸데없는 가정일 뿐이지만, 그래도 만약 제가 그곳의 실체를 몰랐다고 한다면 저도 다른 사람들처럼 행복하게 지낼 수 있었을까요? (형사에게 답을 구하듯) 왜 하필 제가 그걸 알게 된 걸까요, 왜? (이번엔 자기 자신에게 답을 구하듯) 도대체 내가 왜? (갑자기 화기 치미는지 포갠 두 주먹으로 책상을 치며) 저도 최선을 다했어요. 나약한 인간이라고 쉽게 치부하진 마세요. 저도 이를 악물고 끝까지 견뎌 보려 했다고요. 이 기회가 마지막이라는 것을 알았으니까. 이 마지막 기회를 잡아서 아버지 어머니한테도 이번엔 꼭 내려가 보려고 했다고요. 저라고 가족이 없는 줄 아세요? 저라고 부모님이 안 보고 싶은 줄 아세요? 저도 꼬마처럼 사랑하는 가족이 있어요. 사랑하기 때문에 만나러 갈 수 없는 가족이 있다고요. 그래서 그렇게 인내했던 거예요. 멸시와 속임수, 비난에도. 하지만 참을 수 없었어요. 더는 참을 수 없었어요. 모든 게……, 한순간에 모든 게 발각돼 버렸어요. ……수치심. 형사님, 이 세상에서 가장 수치스러운 게 뭔 줄 아세요? ……남들보다 못한 인간으로 도태되는 것? (고개를 젓는다.) 사람들한테 머저리라고 손가락질당하는 것? (고개를 젓는다.) 이마에 최저 인간이라는 낙인이 찍히는 것? (고개를 젓는다.) 가장 수치스러운 건 말이죠……. (어느새 뺨에 눈물이 흐르고 있다.) 죄를 눈감아 주는 거예요. ……아무 벌도 내리지 않는 거예요. ……하느님이라도 된다는 듯 나를 지그시 바라보는 거……. 나를 이해하는 거……. 그것만큼 견디기 어려운 게 없어요…….

고개 숙인 M을 앞에 두고 한참을 아무 말 없이 앉아 있던 형사는 15분쯤 뒤, 어디서 다급한 연락을 받고는 자리에서 일어나며 크게 외쳤다.

형사   사거리 고가 밑에서 살인 사건 발생. 전원 출동.

한 무리의 형사들이 우르르 강력계실을 빠져나갔다. 진지한 고백을 하던 중에 갑자기 혼자 남겨진 M은 마르지 않은 눈물을 닦으며 주위를 두리번거렸다. 형사가 왜 자기를 철창에 가두지 않고 가 버렸는지 알 수가 없었다. 그때 M에게 침을 뱉은 특수 절도 용의자가 M을 뚫어질 듯 쳐다봤다. 또 침을 뱉으려는 모양이군. M은 두 눈을 감고 얼굴을 내밀었다. 죄 있는 자가 던지는 돌에도 피하지 않으리. 그런데 용의자는 이번엔 침을 뱉는 대신 두 손을 모은 뒤 고개를 숙였다.

절도 용의자   아멘.

아무리 기다려도 형사는 돌아올 기미가 보이지 않았다. 남아 있던 인력마저 속속들이 경찰서를 빠져나갔다. 할 수 없이 M은 6개월 만의 외출이 무색하리만치 아무런 소득도 없이 다시 집으로 돌아와야 했다.

이튿날, M은 다시 경찰서를 찾아갔다. 그러나 어제 봤던 형사가 자리에 없었다. 이왕이면 같은 사람에게 어제의 고백을 이어서 하고 싶었지만 그 사람이 없으니 별다른 방도가 없었다. M은 새로운 형사 앞에 두 손목을 내밀었다.

M　　사람을 죽였습니다. 체포해 주십시오.

30여 분 뒤, M은 경비원들의 거친 배웅을 받으며 경찰서를 나와야 했다. 그다음 날엔 또 다른 형사 앞에서 조서를 쓰기 시작한 지 단 5분 만에 형사가 나가요, 나가, 하며 M의 등을 떠밀었고 또 그다음 날엔 강력계 문을 여는 것과 동시에 거친 욕설이 터져 나오는 바람에 한 발짝도 들이밀지 못하고 도망치듯 경찰서를 나와야 했다.

매일매일 혹독한 거절을 당하면서도 M은 끈기 있게 경찰서를 계속 방문했다. 대부분의 경찰은 M을 잡상인보다 못하게 여겼고, 이런 인상착의를 한 남자가 경찰서에 들어오려고 하면 바로 쫓아내 버리라는 몽타주까지 정문에 하달되었다. 어느 날엔 한 형사가 도저히 못 참겠다는 듯 M의 목덜미를 잡더니 그나마 M이 바라는 체포와 가장 비슷한 엄포를 늘어놓았다.

형사　　이봐, 형씨, 진짜 내일 한 번만 더 찾아왔다간 살

인죄가 아니라 공무 집행 방해죄로 유치장에 집
어넣어 버릴 줄 알아. 우리가 그렇게 한가한 사람
들인 줄 알아? 여기 형사님들 고생하시는 거 안
보여? 어디 국가를 위해 일하는 신성한 곳에 와
서 장난이야, 장난이.

M은 그날 경찰서 계단에 앉아 흐느껴 울었다. 진심을 다
해 최선으로 임했지만 모든 면접관이 그를 거부했다. 아무
도 그의 고백을 진심으로 받아들여 주지 않았다. 진심과 최
선 어느 것도 세상을 바꾸지 못한다. 울고 있는 M 곁으로
계단을 오르내리던 범죄자들과 피해자들은 서로들 M이
자기편인 줄 알고 안타까운 마음에 의연히 위로해 주었다.

범죄자들과 피해자들　힘내요, 이게 끝은 아닐 겁니다.

그렇게 한참을 울다 지쳤을 무렵, 누가 M의 곁으로 다
가와 앉으며 다정하게 커피를 내밀었다. 오랜만에 느껴 보
는 온기. M은 무릎 사이에 처박고 있던 고개를 들었다. 첫
날 만난 형사였다.

형사　말이야, 내가 형사로 산 지 몇 년인지 알아? 자그
마치 36년이야, 36년. 자네, 아직 서른여섯 살 안

됐지?

M은 확신할 순 없지만 아마도 그런 것 같아서 고개를
끄덕였다.

> 형사   내가 그 36년간 쌓은 감으로 알려 주는 건데, 자
> 네는 아무리 발버둥 쳐 봐야 지나가는 개 한 마리
> 못 죽일 위인이야. 말해 봐, 언제 개 한 마리라도
> 죽여 본 적 있어?

M은 방금 전과는 다르게 단호한 얼굴로 고개를 저었다.
개를 왜 죽인단 말인가.

> 형사   아이고, 죽인다는 얘기만 들어도 살이 덜덜 떨
> 리나 봐. 아주 가슴팍이 새가슴처럼 벌렁벌렁거
> 리네.

M은 심장의 박동대로 들썩이는 얇은 티셔츠를 움켜쥐
었다.

> 형사   번지수를 잘못 찾아도 한참 잘못 찾았어. 자네 같
> 은 사람이 가야 할 곳은 여기가 아니라, 보여? 바

로 저기야.

M은 형사가 가리킨 곳을 향해 눈을 가늘게 떴다. 그곳
엔 다른 빌딩들보다 유독 하얀 건물 하나가 우뚝 서 있었
다. 피를 흘리지 않는 초록색 십자가. 형사는 입고 있던 점
퍼를 벗어 M에게 입혀 주며 말했다.

형사   쳇. 살인은 아무나 하는 줄 알아?

그날로 경찰서 출입을 그만둔 M은 지난 신문들과 뉴스
들을 샅샅이 뒤지기 시작했다. 벽돌로 때려 죽인 살인 사
건과 그 용의자. 그러나 지난해 여름 치 뉴스를 모조리 찾
아봐도 그런 제목의 보도는 한 건도 발견되지 않았다. 단
계를 하나 낮춰 벽돌에 맞아 식물인간이 되었다는 상해 사
건을 찾아봤지만, 그것 역시 없었다. 벽돌에 맞아 처참히,
라는 단신을 겨우 하나 발견하긴 했는데 그건 한 아이가 아
파트 옥상에서 떨어뜨린 벽돌에 외제 차가 처참히 부서졌
다는 토막 뉴스에 불과했다. 이해할 수 없었다. 그러나 어
쨌든 M의 기록은 깨끗했다.

설 이후 몇 달 만에 집으로 전화를 걸어 누가 나를 찾아
오거나 한 적 있어요? 라고 물었다. M의 가족은 너도 오지
않는데 누가 너를 찾아 집에 오겠느냐고 반문했다. 취업에

관한 건 이젠 물어보지도 않았다. 뭔가 더 할 말을 찾던 M은 끝내 할 말을 찾지 못하고 전화를 끊었다.

M은 거의 밤을 새우다시피 해서 목욕을 했다. 긴 머리를 손수 자르고 손톱과 발톱도 깨끗이 깎았다. 죄수의 목욕. 비록 세상은 M의 죄를 알지 못했지만. 죄를 지어도 세상이 알지 못하면 죄인이 아닌 건가, 라는 번뇌는 거품과 함께 씻어 내 버렸다. 하수구로 들어가는 물소리가 깊고도 깊었다.

이튿날, 10만 원 단위로 바닥난 통장 잔고를 확인한 M은 다시 구직 활동에 들어갔다. 동네 중심지를 돌아다니던 중 어느 작은 빵집 유리문에 붙은 구인 광고가 눈에 띄었다. 문을 열고 들어가니 빵집과는 도무지 어울리지 않는 체격의 남자가 막 나온 빵을 정리하다가 어서 오세요, 라고 밝게 인사했다.

M   여기서 일 좀 할까 하는데요.

빵이 생각대로 나오지 않아서 그런 건지, 아니면 다른 이유가 있어서인지 남자는 얼굴을 살짝 찌푸렸다.

남자   이력서 가져오셨어요? 면접은 사장님이랑 따로 보셔야 하는데.

M도 이마를 찡그렸다.

M (들릴 만한 혼잣말로) 이런 데서 빵 팔 때도 면접을
봐야 하나.

얼굴이 벌게진 남자가 나가라고 소리치기 전, M은 알아
서 먼저 빵집을 나왔다.

어디를 가나 그런 식이었다. 조그만 곳이라도 자기 명
의의 공간을 가진 자들은 모두 이력서와 면접을 요구했다.
M은 그것에 응하지 않았다. 이젠 그런 방식으로 살기 싫
었다.

다행히도, 그 절차를 거부하는 사람들이 살 수 있는 방
법이 적긴 하지만 아직 몇 가지 남아 있었다. M은 그쪽을
선택했다. M과 아는 사이인 소규모 가게의 주인들이 배달
을 하거나 광고 전단 돌리는 일을 주었다. 적은 금액이지
만 일당을 바로 지불해 주니 생활하기가 편했다.

거의 모든 사람이 장기근속을 선호하지만 M은 옛날엔
어땠는지 몰라도 이젠 단기직이면 단기직일수록 좋았다.
복잡한 계약에 따른 고용 관계는 더는 원하지 않았다. M을
고용한 쪽에서도 M의 작업 수행 능력에 만족을 표했다.
M은 꿍꿍이 없이 정직하게 일했다. 전단이 남은 날에는
다른 아르바이트생들처럼 남은 전단을 몰래 폐기하는 대

신, 이 지역에는 이미 전단이 반복적으로 배포되어 더 이상 실익이 없습니다, 무의미한 홍보 활동 대신 이 비용으로 고정 고객을 확대하기 위해 신제품 시식 행사를 하는 편이 더 낫습니다, 라고 설명하며 그대로 가져왔다. 업주들은 젊고 성실한 청년이 왜 계속 이런 일만 하는 건지 의아해했다.

어느 날, 일전에 전단을 배부해 준 야식집 사장에게서 한 가지 제안이 들어왔다. 자기 친구 중에 자판기 재벌이 있는데 그 친구가 관리자를 구한다며, 그 자리에 한번 가보지 않겠냐는 거였다.

사장   성실한 친구가 하나 있다고 했더니 바로 만나 보자고 하네. 이전 애들 때문에 골치 좀 썩었나 봐. 자판기를 어찌나 엉터리로 관리했는지, 커피를 뽑으면 오렌지 주스가 나오는 식이었대.

M   그냥 바로 일을 시작하는 건 안 된대요?

사장   그래도 한번 만나는 봐야지. 자기 재산을 맡길 사람을 뽑는 건데.

M   만나서 뭘 하는데요?

사장   뭐, 그냥 자네가 어떤 사람인지 보는 거지. 걱정할 건 없어. 내가 신용 보증을 한다고 다 말해 뒀으니까.

M   ……면접이에요?

사장   면접? 글쎄, 뭐, 그런 비슷한 거겠지. 대기업은 못 돼도 이 지역에선 자판기 재벌이니까.

M   면접이에요?

사장   그런 비슷한 거래도.

M   면접이에요?

사장   아, 이 친구 참. 그게 뭐 그리 중요해?

M   확실히 알고 가야 합니다. 면접인지 아닌지.

사장   왜?

M   면접이라면…… 완전히 다르게 행동해야 하니까요.

사장   무슨 소리를 하는지 모르겠군.

사장은 고개를 갸웃거리면서도 자판기 재벌 친구에게 전화를 걸어 M을 소개해 주었다. 자판기 재벌은 내일이라도 당장 자기 사무실로 오라고 했다. 내일이 오늘이 됐다.

도로변에 자리한 3층 붉은 벽돌 건물. 1층에는 부동산 중개 업소 간판이 걸려 있다.

M은 여름 점퍼에 청바지 차림. 신발은 낡은 운동화. (어느 모로 보나 면접에는 어울리지 않는 복장이지만 M의 얼굴에는 이전의 마흔여덟, 또는 마흔아홉 번째 면접보다 훨씬 당당한 기색이 어려 있다.)

M은 쓰고 있던 캡을 벗어 주머니에 넣었다. 사무실 안으로 들어가니 부동산 중개 업소보다는 '복덕방'이라는 이름에 더 걸맞은 풍채와 나이의 남자가 M을 맞이했다. 남자는 손짓으로 M을 소파에 앉게 했다. 소파 앞 탁자 위에는 자판기에서 뽑았음 직한 음료수 캔이 놓여 있다. 남자는 한참 동안이나 아무 말 없이 M을 지그시 바라보았다. 그러더니 서랍에서 열쇠 꾸러미 하나를 꺼내 M 앞에서 짤랑짤랑 흔들었다.

재벌   이거, 책임지고 혼자 관리할 수 있겠어?

M   할 수 있습니다.

재벌   쉬운 일 아냐. 운전도 해야 하고, 재고 정리도 해야 하고, 자판기 청소도 해야 하고.

M   할 수 있습니다.

재벌   좋아. 그럼 한번 해 봐.

남자는 주저함 없이 M에게 바로 열쇠 꾸러미를 건넸다. 자기 재산이 든 금고를 얼굴 한 번 지그시 바라보는 것으로 인계한 것이다. 아무것도 묻지 않았다. M의 학력도, 경력도, 부모의 사회적인 위치나 미래에 대한 계획이나 꿈도. M은 오늘 처음 만난 사람이 자기 자신조차 믿을 수 없는 자신의 어떤 부분을 이렇게 쉽게 믿어 준다는 사실에 고마

움보다 당혹감을 느꼈다. 곧이어 열쇠 꾸러미가 주는 묵직한 책임감까지.

M은 일이 마음에 들었다. 막상 하고 보니 세일즈맨과 별로 다를 바도 없었다. 서류가 든 가죽 가방 대신 음료수 박스가 든 캐리어를 끌고, 정장 대신 편안한 스포츠 의류를 입고, 직접 판촉을 하는 대신 자판기라는 중개자를 거친다는 사소한 점들만 제외하면. 낡은 신발을 신는 게 좋다는 점도 비슷했다.

자판기 관리에는 소소한 만족감 같은 것이 깃들어 있다. 자판기는 수량이 바닥난 음료수들 앞에 × 표시가 빛나게끔 설계되었는데, M은 제때제때 음료수를 보충해 그 ×들을 모두 소거하는 게 마음에 들었다. 모든 종류의 음료수가 완벽하게 구비되어 판매 중,이라는 글자가 자판기 가득 빛나면 이 세상이 모두 채워졌다는 충만감이 밀려온다.

날씨가 더워질수록 탄산음료의 판매량이 치솟는다. 냉커피는 늘 인기 품목이다. 판매가 부진한 초코 맛 음료는 곧 다른 것으로 대체할 필요가 있다. 청결 상태 등을 이유로 자판기 음료 구입에 다소 소극적인 여성들을 공략해 자판기를 더 깨끗이 청소하고 그들이 선호하는 저칼로리 음료를 구비하는 게 좋겠다.

M은 일하면서 느끼는 개선 사항을 판매 일지에 날짜별로 꼼꼼히 기록했다. 부동산 중개 업소 점주이자 자판기

재벌인 고용주는 그런 보고를 받을 때마다 무척이나 만족스러운 표정으로 M을 칭찬해 주었다.

재벌 부동산을 오래 하다 보니 땅보다는 사람을 보는 안목이 더 생겼어. 딱 보는 순간 내 열쇠를 맡길 사람이라는 확신이 들더니, 봐, 이렇게나 잘하잖아.

M은 왠지 그런 말을 들을 때면 자부심보다는 두려움이 들었다. 벽돌의 감촉과 음료수 캔의 감촉이 무척이나 다르다는 사실이 그나마 다행이지만.

늦여름. 찌는 더위.

여러 가지 업종의 업무용 빌딩이 많은 도심 거리.

점심을 먹으러 나온 샐러리맨들의 흰 셔츠와 비둘기 떼가 거리를 하얗게 점령하고 있다.

그 거리로 음료 박스가 쌓인 캐리어를 끌며 M이 걸어온다.

일을 시작하기 전 M은 갈증도 풀고 배도 채울 겸, 동전을 넣고 음료수 하나를 뽑았다. 빨간 모자를 쓴 곰돌이가 엄지를 추켜올리고 있는 오렌지 주스. 관리자라고 해서 판매할 음료수를 거저 빼 먹는 일 따위는 하지 않는다.

근처 난간에 잠깐 걸터앉아 있는 동안 점심을 먹고 회사로 들어가는 직장인들이 주위를 바삐 오갔다. M은 자기를 둘러싼 풍경에 특별한 감상을 느끼지 않았다. 몹시 덥다거

나 음료수가 갈증과 허기를 동시에 채워 준다는 일차적인
감각 말고는. 직장인들의 존재감이나 거리의 나무, 신호
등, 간판들의 존재감 사이에는 별 차이점이 없어 보였다.
비둘기들이 샐러리맨이라 해도 놀랍지 않다.

 누군가 ……맞지? 나야, 나. 이야, 이런 데서 다 만나네.
    그동안 어떻게 지냈어?

 M은 별안간 뒤에서 불쑥 나타난 젊은 남자의 목소리에
반사적으로 몸을 움츠렸다. 사람들이 힐끔 쳐다보며 지나
갈 정도로 남자의 목소리는 컸다.

 누군가 여긴 어쩐 일이야? 그런 차림으로. 운동이라도
    나온 거야?

 남자는 M과 꽤 친분이 있는 듯한 말투로 계속 말을 걸
더니 자연스레 M의 곁에 앉았다. 그러나 M은 여전히 남
자가 누구인지 알 수 없었다.

 누군가 이런 데서 만나니까 이상하게 더 반갑네. 사실 거
    기 있을 땐 그렇게 친한 건 아니었는데도 말이야.
    뭐, 애초에 조가 달랐으니까. 근데 밖에서 보니까

되게 옛날 친구 만난 것 같은 기분이야. 안 그래?

M   (……거기?)

누군가   왜 아무 말도 안 해? 뭐야, 혹시 나 기억 못 하는
         거야?

M은 아무 말 없이 남자를 물끄러미 바라보았다. 남자는
황당하다는 얼굴로 소리쳤다.

누군가   동기잖아. 연수원 동기. 뭐야, 얼마나 잘 지내기
         에 벌써 다 잊은 거야?

M은 잡고 있던 캔을 빙글 돌렸다. 빨간 모자 곰돌이가
한 바퀴를 빙 돌아 제자리로 돌아왔다. 남자는 곧 회상하
는 투로 말했다.

누군가   하긴 뭐, 어느새 1년이나 지났으니까. 연수원을
         나올 땐 이젠 취업 걱정은 끝이다 했는데, 이렇게
         다시 면접이나 전전하는 구직자 신세가 될 줄 누
         가 알았겠어.

M은 남자를 만나고 처음으로 입을 열었다.

M   (어둠 속에서 발밑을 살피는 조심스러운 목소리로)
        그럼 너도 …… 중도 탈락한 거야?
누군가   (고개를 갸웃거리며) 중도 탈락? 무슨 소리야. 우
        리 중에 중도 탈락한 사람이 어디 있다고.
M   (갑자기 발에 뭐가 걸린 듯) 중도 탈락한 사람이 없
        어?
누군가   그럼, 있을 수가 없지. 원래 2차 면접에 합격한 사
        람은 무조건 다 최종 합격 되는 거였잖아. 연수는
        그냥 회사 적응을 위한 거고. 그런 게 아니었으면
        누가 그런 데서 한 달이나 되는 시간을 허비했겠
        어. 그 시간에 차라리 다른 회사 면접을 보는 게
        낫지.

잠잠하던 여름 대기에 느닷없이 한 줄기 서늘한 바람이
불었다.

M   (발에 걸린 걸 치우려는 듯) 그럼 왜 다시 면접을?
누군가   아, 넌 소문 못 들었어? 내가 먼저 관뒀잖아. 도저
        히 못 견디겠더라고.
M   (그러나 다시 발에 걸리는 무언가를 느낀 듯) 왜?

남자는 들고 있던 서류 가방을 난간 아래쪽에 내려놓으며 말했다.

누군가   내가 바로 그 공포의 1조였잖아. 우리 사수 기억
        나? 연수 끝나서 드디어 탈출이다 했는데, 부서
        를 배치받고 보니까 영업 8부 1팀 상사가 다시 그
        사람인 거야. 아, 넌 누구였어?

M은 입을 다물었다.

누군가   너네 사수는 무난한 사람이었나 보네. 아무튼 재
        수도 더럽게 없지. 다른 동기들 상사는 거의 바뀐
        것 같은데 나만 연수원 사수가 진짜 상사가 되다
        니. 그래도 내가 이런저런 더러운 꼴 봐도 웬만하
        면 참으려고 했는데.

어느새 남자는 M이 들고 있던 음료수를 빼앗아 벌컥 들
이켜고 있다.

누군가   그 기록 강박증만큼은 진짜 못 참겠더라고. 하나
        부터 열까지 다 기록해 놓으면서 그걸로 사람을
        들들 볶는데 완전히 돌겠는 거야.

M   관리자니까 어쩔 수 없는 거겠지……. 그렇게 나
         쁜 사람은 아니었던 것 같은데.

누군가   무슨 아마추어 같은 소리야. 솔직히 사회생활에
         서 나쁜 사람인지 아닌지가 문젠가. 나하고 맞는
         사람인지 아닌지가 문제지. 업무 때문에 그러면
         내가 들어간 지 석 달도 안 돼서 관두기까지 했겠
         어. 근데 이건 뭐, 복장 불량부터 책상 정리까지
         한 달 동안 일지를 만들어 놓고 학생 주임처럼 사
         람을 쪼는데 숨이 턱턱 막히는 거야. 지가 내 간
         수야 뭐야. 쳇, 연수원에서 그렇게 평가 파일 들
         고 설쳐 댈 때부터 알아봤어야 하는 건데.

M   평가 파일?

누군가   아, 넌 모를 거야. 우리 조에서만 썼던 거니까. 내
         가 또 그 평가 파일에 엄청난 유감이 있는 사람이
         거든. 사실 따지고 보면 그 평가 파일에서부터 이
         모든 조짐의 싹이 보였던 건지도 몰라.

M   어째서?

누군가   뭐, 넌 다른 조였으니까 모르겠지만, 우리 1조 청
         소 담당 구역이 식당이었거든. 근데 알고 보니까
         사수가 그 안에 1번부터 25번까지 번호를 다 붙
         여 놓고 합숙 내내 저 혼자서 분석하고 있었던 거
         야. 1번은 출입구 매트, 2번은 의자, 3번은 식탁,

4번은 개수대, 5번은 가스레인지, 이런 식으로 매일매일 청소가 잘돼 있나 안 돼 있나 하고.

M은 옆에 있는 캐리어에서 음료 하나를 꺼내어 들이켰다. 그러나 너무 미지근한 온도.

M   ……동그라미, 세모, 엑스로?

누군가   어라, 너도 알고 있었어? 맞아, 청소가 잘돼 있으면 동그라미, 중간이면 세모, 불량은 엑스. 너도 아침마다 밥 먹었으니까 알지? 우리가 식당 청소만큼은 진짜 열심히 했잖아. 우리 집도 그렇게 청소해 본 적이 없는데, 불량이 있을 리가 없지. 근데 합숙 끝나고 사수가 우리한테 평가 파일을 보여 줬는데, 웃긴 게, × 하나가 합숙 이틀째부터 계속 있는 거야.

M   (음료수가 미지근해서인지 속이 울렁거리는 얼굴로) 왜?

누군가   내가 지금도 번호까지 기억하고 있지. 13번, 전자레인지. 혹시 기억나? 첫째 날 우리 조원 한 명이 망가뜨려서 합숙 내내 고장이었잖아. 우리 딴엔 사수가 모르게 하겠다며 비밀로 했었고. 근데 고장 난 걸 우리가 사실대로 말하지 않고 계속 숨기

246

니까 그걸 계속 엑스로 기록해 놨더라고. 부서 배치받은 다음에도 무슨 일만 생기면 그 일을 계속 걸고넘어지는 거야. 또 그때처럼 보고 안 하고 숨길 생각이었냐, 언제까지 숨길 수 있다고 생각하느냐고. 참다 참다 더는 못 참겠기에 그냥 확 엎어버리고 나왔어. 한 달이나 합숙해 가며 연수 받은 게 아깝긴 하지만 여기 아니면 갈 데 없냐, 하고.

남자는 기지개를 켜며 목을 돌렸다.

누군가 그런데 갈 데가 없네.

남자는 피곤한 목소리로 말했다.

누군가 이따 두 시에 또 면접이 있는데 이젠 이 짓도 진짜 지겨워. 근데 넌 뭐 하는 거야? 영업용 차림은 아니고, 월차라도 낸 거야?

M은 아무 대답이 없다. 남자도 아무 말이 없다. 둘 사이에 생긴 공백을 주위 직장인들의 소음이 메워 주었다. 잠시 뒤, 남자는 난간에서 일어나며 M에게 악수를 청했다.

누군가 계속 면접만 돌다 보면 다음에 또 마주칠지도 모르겠네. 그땐 한잔하자.

남자는 지겹다는 것치고는 무척이나 활달한 걸음으로 길을 나섰다. 남자의 손을 아무 의미 없이 잡았다가 아무 의미 없이 놓은 M은 뒤늦게, 벌써 멀찌감치 떨어져 걸어가고 있는 남자를 큰 소리로 불러 세웠다.

M 저기, 혹시…… 거기에서 누가 죽었다는 얘기는 못 들었어?

남자는 무슨 말인지 모르겠다는 듯 눈썹을 찡그렸다.

누군가 죽었다고? (웃으며) 설마. 그런 일이 있었을 리가 있어?
M 아니. 잘 기억해 봐. 분명히…… 분명히 누가 죽었을 거야.

얼굴을 찌푸린 채 골똘히 생각에 잠긴 남자는 뭐가 떠올랐는지 곧 밝은 표정으로 M에게 외쳤다.

누군가 아, 혹시 그 새 이야기 하는 거야?

M	……새?
누군가	그리고 보니 연수가 거의 끝날 때쯤 복도에서 피를 흘리고 있는 새가 발견됐다고 들은 것 같긴 해. 그런데 죽었는지까지는 모르겠어. (어깨를 으쓱하며) 뭐, 죽었으면 어떻고 아니면 어때. 널리고 널린 게 이 빌어먹을 새들인데.

남자는 주위를 돌아다니는 비둘기를 과장된 발짓으로 쫓은 뒤, M에게 손을 흔들고는 가던 길로 향했다.

M은 자판기를 열어 부족한 음료수를 채워 놓고, 손걸레로 청소한 뒤, 채워진 돈을 수거한다. 일을 마친 M은 다음 행선지로 걸음을 옮긴다. 그러나 단 한 발짝을 옮기고 나니 이제 어느 쪽으로 가야 하는지 생각이 나지 않는다.

벨트에 찬 열쇠 꾸러미 소리가 M을 재촉한다. M은 지나가는 사람에게 다가가 여기가 어디냐고 묻는다. 질문받은 사람은 수상해하는 눈초리로 쳐다보기만 할 뿐, 아무 대답 없이 M을 피해 지나가 버린다. M은 다른 사람을 붙잡으며 여기가 어디냐고 다시 묻는다. 그러나 그 사람도 기분 나쁜 듯 팔을 뿌리치고 걸음을 재촉한다. M은 또 다른 사람의 앞을 가로막는다. 그는 비명을 지르며 도망가 버린다. M은 거리를 가득 메운 모든 사람들에게 애원하다시피 묻고 다닌다. 여기가 어디냐고. 그러나 어느 누구도

답을 주지 않고 M을 지나친다.

조금씩 어둠이 짙어진다. 어느새 밤이 된다. 빌딩에는 불이 환하지만 거리는 어둡고 아무도 없다. 새들도 다 어디로 날아가 버렸다. 거리 한가운데 우두커니 서 있는 M. 그러더니 문득, 무엇을 발견한 것 같은 얼굴을 하고 이쪽으로 걸어온다.

M   저기, 언제부터 나를 보고 있었던 거예요?

관객   (침묵)

M   왜 나를 계속 보고 있는 거죠?

관객   (침묵)

M   맞아요, 지금 두리번거리고 있는 당신, 당신 말예요. 말해 봐요.

관객   (침묵)

M   그렇게 계속 나를 보고 있으면서 왜 내가 묻는 말엔 아무 대답도 안 해 주는 거예요?

관객   (침묵)

M   비웃었죠?

관객   (침묵)

M   내가 눈물 흘리고 있을 때 비웃었죠? 내가 문손잡이를 몰래 돌릴 때마다 머저리 같은 녀석이라고 생각했죠? 한심한 놈이라고. 침묵했어요. 내가 아

이스박스를 두고 온 걸 알면서도 입을 다문 채 아무 말도 해 주지 않았어요. 내가 숲으로 도망 나왔을 때는 어땠나요? 살인자,라고 욕했나요?

관객   (침묵)

M   어느 순간 나에 대해 뭐든 다 안다고 생각했겠죠? 맞아요, 사실이에요. 당신은 하느님처럼, 내가 모르는 것들까지 다 알고 있어요. 그러니 하느님처럼, 알려 줘요. 나는 어디에 있는 거죠? 나는 이제 어디로 가야 하나요? 너무 어두워서 나는 아무것도 볼 수가 없어요. 여기가 어딘지도 알 수 없어요. 그러니 그렇게 보고 있지만 말고 제발 알려 줘요.

관객   (침묵)

M   네?

관객   (침묵)

M   그럼 옆에 서 있는 당신이라도.

관객   (침묵)

M   그럼 그 뒤에 선 당신.

관객   (침묵)

M   그, 그 뒤. 제일 뒤에 숨어 있는 당신.

관객   (침묵)

M   뭐야, 대체 왜 아무도, 아무 말도 안 하는 거야?

왜 다들 나를 피하는 거야? 혹시 얼른 불이 들어
오기만 바라고 있는 거야? 당신이 서 있는 곳에
불이 켜지는 순간 내가 사라지는 존재라고 생각
해서? 웃기지 마, 난 사라지지 않아. 나는 인간이
야. 불이 켜진다고 해서 한 인간이 어떻게 그렇게
간단히 사라질 수 있겠어? 당신은, 당신은 불이
켜지면 사라지는 존재인가? 어? 그런 허깨비야?
나도 아니야. 나는 사라지지도, 어디로 가지도 않
아. 길을 알아낼 때까지 영원히 이곳에 있어야
해. 그러니 제발 좀 말해 줘. 우리, 이렇게 가까이
있잖아. 내 침이 당신 코에 튈 정도로 가까이 있
잖아. 여기가 어디야, 응? 나는 어디로 가고 있었
지? 이제 어디로 가야 하지? 도대체 왜 나 혼자만
이렇게 절규하는 거야? 당신들의 지금 그 눈빛은
대체 뭐냐고.

(어두웠던 나머지 공간에도 빛이 들어오자 관객을 위한 의자
나 배우를 위한 무대 없이 오직 빛의 밝기로만 경계를 만들었던
원형 극장은 다시 서로가 누구인지 모르는 상태로 돌아가 웅성웅
성대는 목소리들만 되살아난다.)

더 이상 연기할 수 없는 삶에 관하여

MAN의 마흔여덟 번째 면접

당신이 궁금하다. 더 정확히는 당신의 이야기가 궁금하다. 당신은 입사 원서를 몇 통째 쓰고 있는지, 혹은 썼는지. 면접을 몇 번이나 보았고 또 그 면접에서 몇 차례나 거짓말을 했는지. 『3차 면접에서 돌발 행동을 보인 MAN에 관하여』라는 이 독특한 제목의 어디에 끌렸고, 또 어느 단어나 어절에 유독 호기심을, 혹은 불편함을 느꼈는지. 어쩌면 나처럼 희곡인지 뭔지 모를 소설의 초반부를 생경하게 읽어 내려가다 '마흔여덟 번째 면접'이란 구절에서 정색을 하고 잠시 멈출지.

대학을 졸업하고 정규직 취업에 최초로 성공하기까지 입

사 원서는 아마 백 통쯤 썼을 것이다. 왜냐하면 팔십 번째에서 헤아리기를 멈췄는데 그 뒤로도 원서 몇 장을 더 썼고 면접도 여러 번 봤으니까. 면접 횟수는 그에 훨씬 못 미쳤기에 열 번째부터인가 아예 세지도 않았다. 첫 번째 최종 합격 통보를 받고 신체검사를 마치고 합숙 면접에 들어갈 때까지 다소 얼떨떨해서 현실감이 없었고, 그리 기쁘지도 않았다. 이것은 나의 이야기다.

"이 마흔여덟 번째 면접은 정말 오랜만에 얻은, 다시는 오지 않을 기회니까."(11쪽)

우리의 MAN은 헤아리기를 멈출 수 없었다. 다만 제대로 면접을 봤다면 마흔아홉 번째가 되었을 면접을, 마흔아홉 번째라면 오십 번째 면접은 필연적으로 닥칠 것 같아서 마흔여덟 번째로 규정 지었을 뿐이다. 그렇게 MAN은 마흔아홉 장보다 훨씬 더 많은 입사 원서를 쓰고, (그 이상의 불합격 통지를 받고) 마흔여덟 번째 면접장으로 간다. 그리고 실상 이 마흔여덟 번째 면접은 대입 면접 이래 MAN에게 영원히 반복되는 두 번째 실패 같은 것이다. MAN의 면접은 결코 끝나지 않는다.

연극 속의 연극

소설은 3인칭으로 시작하는데, 작가는 희곡 기법을 일부 차용하여 이 이야기가 기본적으로 연극 무대 위에 놓여 있음을 상기시킨다. 연극의 1막 격인 MAN의 구직 활동이 끝나면 돌연 1인칭으로 시점이 전환되면서, 소설에서 내용상 가장 큰 비중을 차지하는 MAN의 연수원 합숙 일지가 시작된다. 그리고 연극의 2막이 후일담을 보여 주며 소설을 마무리한다. (갑작스레 시점이 바뀐다든지, 매끄러운 서술이 이어지다 환상이 현실처럼 스며들거나 기괴한 이미지가 등장하는 것은 박지리 작가의 작품에서 종종 있는 일이다. 작가가 적극적으로 의도했다고 생각하기 어려울 만큼 연결이 난데없는데, 이야기의 전체적인 흐름은 놀랍게도 무리 없이 이어지곤 한다.)

연극의 1막 속에서 벌어지는 면접은 우리가 일상적으로 경험하는 면접이 본질적으로 연극의 형태를 취하고 있음을 드러낸다. 면접관은 지원자들을 지켜보고 평가하며, 지원자는 면접이라는 형식에 맞게 행동하고 면접관들의 눈에 띄어야 한다. 면접관들의 자리가 객석이라면 지원자의 자리는 무대이며, 면접관들이 관객이라면 지원자는 연극 배우가 된다. 면접관은 지원자들의 개인 정보를 속속들이 알고 있고, 합격 여부를 결정하는 권한을 갖고 있다는 점에서 통상적인 관객의 위치를 넘어 신이나 심판관으로 묘사되기도 한다.

면접의 내용도 현실을 은유하면서 연극적이다. 가짜 면접관이 진짜인 양 면접을 보고, 지원자들이 앉을 의자가 부족한 면접장도 있다. 면접관들도 알 바 아닌 미래 시장 전략 따위를 질문하는데 지원자들은 또 진지하게 하나마나한 대답을 한다. 현실에서는 절대 선택지에 넣지 않을 도둑과 살인 범 사이에서도 굳이 선택을 해야만 한다.

MAN의 마흔여덟 번째 면접은 "이게 면접이기 때문입니다."(45쪽)라는 답변으로 끝나는데, 면접이라는 단어를 '연극'으로 대체해도 이상하지 않다. 이 소설에서 면접은 연극 속의 또 다른 연극이다.

면접이라는 연속되는 부조리극에서 MAN이 아직까지 제정신으로 보이는 이유는 면접이 끝나면 안착할 곳을 찾을 수 있다는, 더 이상 연기하지 않을 수 있다는 환상을 갖고 있기 때문이다. 그러나 1막에서도 MAN은 이 세계가 문득문득 낯설다. 면접을 보러 가는 길에 이상한 남자를 만나지만 '연출된 장면'이라고 생각하기도 하며, 면접장이 있는 건물에서 '일그러진 시공간'을 느끼기도 하고, 과자 회사의 서류 전형에 합격한 사실 자체를 의심스러워하기도 한다. 아니, 훨씬 더 오래 전부터 주기도문을 외우며 불안을 느낀다. 주기도문은 역설적으로 어린 MAN에게 '시험'과 '악'의 가능성이 이 세계에 항상 존재한다는 전제를 일깨운다.

소설이 끝날 즈음에야 MAN의 연수원 일지마저 실제 관람 중인 연극임을 MAN도 독자도 알 수 있게 된다. 표면적으로는 연극과 동떨어져 있던 1인칭 서술은 무대 위에서 벌어지던 MAN의 독백이었거나, MAN도 독자도 몰랐던 연극 속의 연극이었던 것이다.

그런데 연극은 이뿐만이 아니다.

노래하던 새들도 지금은 사라지고[*]

면접 합격 후 MAN은 새 삶을 시작하겠노라는 의욕에 차서 첫 출근을 기다리지만, 입소한 연수원은 어딘지 모르게 이상한 공간이다. 외부와 차단된 숲속인데 고요하다 못해 새나 곤충의 소리도 들리지 않는다. 너무 자주 잠이 오지 않는 새벽, MAN의 귓가를 맴도는 것은 새소리가 아니라 "전 세계에서 유일하게 세일즈로 노벨평화상을 받은 신화적인 인물, 세일즈 킹"(52쪽)이다. (물론 그런 인물은 역사상 실재하지 않지만 본부장의 강연에서 마치 실화처럼 변주되기도 한다.)

MAN의 연수원 일지에서 하루는 합숙 종료일을 기준으로 정의되는데 그 하루는 또 시각으로 분절된다. 연수원에서 만나게 된 사람들도 실명으로 지칭되지 않는다. '안경잡이'나 '회색 셔츠'처럼 소유하고 있는 사물의 일부로, '떠버리'나 '여자'처럼 외면적인 특징에 빗대어 불린다. 아니면 천이나 강처럼 성씨로만 불리거나 여러모로 미성숙하다는 점에서 '꼬마'로 지칭된다. '친구'도 있지만 친구라는 단어는 배신과 짝이 된다. MAN이 유일하게 실명으로 부르는 사람은 외부인이자 애인인 송이뿐인데, 그들의 대화는 물리적

---

[*] 케이트 윌헬름의 1976년 작 소설 제목.

인 거리만큼이나 겉돈다.

1막에서 MAN을 둘러싼 세계가 조금씩 일그러져 있었듯 여기도 "커피를 뽑으면 오렌지 주스가 나오는"(236쪽) 자판기와 닮아 있다. 세일즈 킹의 성공담은 세일즈 자체가 사람을 속이는 기술을 연마해야 하는 일이라는 것을 알려 준다. 봉사 활동도 기업의 이윤 창출이라는 실제 목적을 감춘 채 분장하듯 선크림을 바르고 나가서 곧 허물어뜨릴 집을 짓는 일이다. 정말 연극은 끝난 걸까.

어쨌든 면접이라는 연극은 끝났다고 MAN은 믿는다. 그는 영혼 깊숙이 대기업의 세일즈맨이 될 준비가 되어 있다. 그것이 단지 훌륭한 부품이 되는 "대수롭지 않은 운명"(82쪽)을 향해 가는 길일지라도. 이것은 "마흔일곱 번의 거절을 당하면서"(82쪽) 얻은 자리이기 때문이다.

MAN의 돌발 행동은 우연히 평가 파일을 발견하면서 시작된다. 합격은 자명한 사실이 아니다. 이제 MAN은 일상을 연기해야 하는 합숙이라는 관문을 마주한다. 최종 선택될지는 여전히 불분명하다. 경쟁의 장은 공식적인 오디션에서 몰래카메라 같은 리얼리티 쇼로 전환된다. 1막에서 이루어졌던 면접이 단편적이며 지원자도 동의하는 연극이었다면 합숙이라는 면접은 연극이라는 점을 감추며 조직적이고 일상적으로 MAN을 속인다. 혹은 속인다고 MAN은 믿는다. 자신을 둘러싼 세계 전체가 연기를 하고 있으며 자신을 시험한다고 생각할 때 인간은 종종 불안과 강박에 빠지며, 망상인지 사실인지 모를 머릿속 시나리오는 의구심을 증폭시키는 방향으로 치닫는다. 이제 단순히 연기만 해서는 이 면접을 통과할 수 없다고 MAN은 느낀다. 연극을 한다는 의식조차 버리고 영혼을 송두리째 걸어야 한다.

연극의 2막에서 합숙의 진실을 알게 된 MAN은 스스로를 고장 난 전자레인지로 환원시켰다는 것을 알게 된다. MAN의 사물화는 그가 마흔여덟 번째 면접 문제의 답으로 살인자를 선택할 때부터 예견되었던 일이다. 새들의 노랫소리가 어느덧 자취를 감춘 까닭이다. 합숙 종료를 단 이틀 남겨 둔 새벽, MAN은 새도, 그 누구도 아닌 자신의 생명력을 해친다.

더 이상 연기할 수 없는 삶

MAN과 다른 출연자들, 관객이 있는 무대는 연극의 1막에서부터 원형극장으로 묘사되는데, 이 극장에는 관객을 위한 의자나 배우를 위한 무대가 따로 없다. 독자는 연극의 2막이 끝날 즈음 "빛의 밝기로만 경계를 만들었던"(253쪽) 이 극장에서 관객과 배우의 자리가 언제든 뒤바뀔 수 있음을 알아차리게 된다. 사람들은 서로가 서로에게 배우이며 각자 연기를 하고 있는 것이다. 무대 위에서 벌어지는 모든 것을 볼 수 있는 관객은 실은 서로가 누구인지도 모르는 아무개에 지나지 않는다. 우리는 이 극장에서 연극이 몇 번이나 공연되었는지, 또 얼마나 많은 연극이 겹쳐져 있는지 모른다. 어떤 것이 연극이었고 또 어떤 것이 연극이 아니었는지도 불확실하다. 언제부터 이 연극이 시작되었고 또 어떻게 끝을 낼 수 있는 건지도.

삶이 연극이라는 관점은 새삼스럽지 않다. 그런데 특히 이 소설은 연극이 사회 체제 속에 내재해 있는 현실임을 직시한다. 개인은 사회가 조직한 연극에 동참할 것을 공식적으로든 비공식적으로든 요구받는다. 하지만 이 연극의 내용은 테트리스 게임처럼 무용하거나 "집을 지어 주면서 동시에 집을 빼앗는"(74쪽) 일처럼 부조리하다. 지원자의 거의 모든 것을 알려 하면서 사실 가장 중요한 것은 들여다보지 않는 면접처럼 알맹이가 없다.

첫 입사를 준비하는 이는 면접이라는 노골적인 연극에 맞닥뜨린다. 더구나 "지금은 아무리 과자를 싫어하는 사람도, 과자 회사가 사원 모집 공고를 낸 이상 거기에 지원하는 것이 의무가 된 세상이다."(24쪽) 개인은 사활을 걸고 이 연극에 임할 수밖에 없다. 이 연극을 가까스로 통과하면 소위 사회생활이라는 또 다른 연극이 시작된다. 그래서 MAN의 입사 실패는 이 세계에 어른답게 적응하는 데 실패했음을 의미한다. 또한 이 연극을 제대로 소화하지 못하고 사회의 가치를 철저히 내면화한 개인이 다다르는 길은 기꺼이 사회의 부품이 되어 생명력을 잃는 것 외에는 없다는 것을 보여준다.

한편 "우린 그렇게 작은 존재는 아니"(83쪽)라고 믿으며 어떤 것이 연극이고 또 어떤 것은 연극이 아닌지 구분하며 살아가는 일도 신기에 가깝다. 소설에서 얼핏 이상적인 인간처럼 묘사되는 '친구'도 이 연극에 어떤 식으로든 동참하고 있다. 그런데도 언젠가는 "앞도 잘 안 보이고 가족이 이해 못 하는 외로운 곳"(62쪽)으로 걸어가겠다는 것은 자기 기만적이며 또 다른 부조리를 빚어내는 언설이다.

그렇게 이 소설은 삶의 연극성이라는 지점에서 한 발짝 더 나아가, 연극적이다 못해 연극으로 겹겹이 둘러싸이게 된 사회 현실을 응시한다. 그리고 그 현실이 더 이상 한 개인이 감당할 수 없을 만큼 악화되었음을 드러낸다. 무엇보다 숨을 다하는 순간까지 연극 속을 벗어날 수 없는 삶을 삶이라 부를 수 있을까. 그런 삶은 허상에 가깝지 않은가. 우리의 MAN은 간절하게 묻고 있다.

이 연극으로 가득 찬 세계를 두고 작가는 갔다. 하지만 그의 인물들은 이 시대에 생생하게 살아 있다. 당신의 이야기를 들려주는 것쯤은 또 그리 어렵지 않을 것이다.

최희라(독자)

3차 면접에서 돌발 행동을 보인 MAN에 관하여

2017년 12월 15일 1판 1쇄

지은이	박지리
편집	김태희, 장슬기, 나고은, 김아름
디자인	오진경
제작	박흥기
마케팅	이병규, 양현범, 박은희
인쇄	천일문화사
제책	J&D바인텍

펴낸이	강맑실
펴낸곳	(주)사계절출판사
등록	제406-2003-034호
주소	(10881) 경기도 파주시 회동길 252
전화	031)955-8588, 8558
전송	마케팅부 031)955-8595 편집부 031)955-8596
홈페이지	www.sakyejul.co.kr
전자우편	skj@sakyejul.co.kr
페이스북	facebook.com/sakyejul
인스타그램	www.instagram.com/yoloyolo_book

ⓒ 박지리

ISBN 979-11-6094-314-6 04810
ISBN 979-11-6094-050-3 (세트)

이 도서의 국립중앙도서관 출판예정도서목록(CIP)은 서지정보유통지원시스템 홈페이지
(http://seoji.nl.go.kr)와 국가자료공동목록시스템(http://www.nl.go.kr/kolisnet)에서
이용하실 수 있습니다.(CIP제어번호: CIP2017031516)